# 포물선, 마주보기

한 치 앞도 볼 수 없어

인생입니다

# 포물선, 마주보기

### 한 치 앞도 볼 수 없어
### 인생입니다

김애경(金愛鏡) 수필집

이담
Books

# 서 문

## 미래의 나를 부러워하며

삶을 앞으로 나아가게 하는 힘은 무엇일까. 누구는 두려움이라고도 하고 누구는 꿈이라고 한다.

칠 년 전에 전공과 관련된 책을 첫 출간하며 '이 책이 처음이자 마지막이 되지 않기를'하고 바랐다. 그때는 신춘문예에 당선될 미래의 나를 몰랐고, 책 더미에 빠져 지내던 시간으로 책 비슷한 것만 봐도 멀미가 날 정도로 힘들었다.

인생이란 전혀 예상하지 못한 길로 들어설 수 있다는 것을 실감한다. 하지만 전혀 새로운 길이 아닐 것이다. 언젠가 내가 품고 있던 생각이 발현된 것이라고 생각하니, 새삼 어떻게 무슨 생각을 하고 사느냐가 삶을 앞으로 나아가게 하는 힘이 된다는 생각이 든다.

삶에는 공들여 살피지 않으면 보이지 않는 것들이 참 많다.

삶이란 사랑처럼, 끊임없는 단순함과 그 외경스러운 위대함을 함께 경험해 가는 것이다. 사랑의 형태는 다양하다. 부모 자녀 간의 사랑, 남녀 간의 사랑, 친구 간의 사랑, 동식물과의 사랑 등 우리는 무수한 형태의 사랑을 주고받으며 성장한다. 사랑에는 인간의 모든 감정이 다 담겨 있듯이, 내가 사랑을 이해하여야 연민을 느낄 수 있고, 내가 체험해본 감정이라야 타인을 용서하는 것도 가능하다.

여전히 균형 잡힌 시선을 중시한다. 그런데, 그 모든 것을 체험할 수는 없다. 삼남매를 키웠듯이 평론과 시와 수필을 포근하게 잘 보듬어 되도록 건강한 쪽으로 생각의 샛길을 내고자 했다. 부정적인 생각보다는 긍정적인 생각 쪽으로 가고자 했다.

어려운 시기에 에세이집 출판을 기획 해주신 학술정보(주) 출판사에 감사드린다. 이 인연을 초석으로 글로써 사랑과 희망을 줄 수 있는 삶을 살아갈 수 있기를 ··· 감히 바란다.

'미래의 나'를 부러워해 보자. 나에게 이 책을 천천히 읽으며 생각의 샛길을 같이 걸어가자고 겸손하게 청한다.

대모산 기슭에서
김애경

# 차 례

# 2부 언어의 절제

# 3부 사랑의 온도

# 4부 인간의 최종 목적인 행복

# 5부 순한 숟가락

## 6부 포물선, 마주보기

1부

# 감사 일기

# 감사 일기

하루를 감사하게 느끼며 살아가기 위하여 감사 일기를 써보았다. 하루 세 가지 감사했던 일을 생각하다 보면 어떻게든 조금이라도 좋은 방향으로 생각하게 된다. 우울했던 날도 좋은 일을 생각하며 마무리하게 된다.

하나, 아침에 눈을 뜨고 아직 아무 말도 하지 않은 깨끗한 입으로 기도하게 됨에 감사하다. 둘, 후두둑 후두둑 빗소리를 들으며 지금 이 순간의 평온이 감사하다. 세 번째는 늘 하루를 감사로 마무리하게 됨에 감사하다로.

인간은 감정의 변화가 많은 존재이다. 나 자신에 대하여 생각해 보는 길은 여러 가지가 있다. 어떤 이는 분노 일기를 쓰며 그 에너지를 잘 사용하며 살아간다. 화는 팽팽하게 힘이 들어가기 마련이지만, 화가 났던 상황을 차분하게 돌이켜보면서 분노의 감정 밑바닥에 숨어있는 진짜 욕구를 살피며 사는 일도 자기 성찰이다(그러다 종종 되돌린 시간에 감정이입 하면서 스스로 고통을 다시 느끼기도 하지만).

분노와 감사는 손등과 손바닥과 같아서 어떤 것을 더 잘 살펴야 하는지 단정하기 힘들다.

조삼모사라는 말이 떠오른다. 같은 이야기도 관점에 따라 전혀 다르게 느껴질 수 있다.

어떤 나라에 원숭이를 너무 좋아해서 집에서 키우는 사람이 있었다. 원숭이의 수가 늘어나자 원숭이 먹이인 바나나를 구하는 일이 쉽지 않게 되었다. 이에 그는 원숭이들에게 "이제부터는 바나나를 아침에 한 개, 저녁에 두 개씩 주겠다."라고 말하자 원숭이들이 크게 분노했다. 그는 할 수 없다는 듯이 "그렇다면 아침에 두 개, 저녁에 한 개로 하자. 그렇게 하면 저녁보다 아침에 바나나 한 개를 더 많이 먹게 되는 셈이지?" 그러자 원숭이들이 모두 기뻐하며 감사했다.

이 이야기의 원뜻은 눈앞의 이익만 생각하지 말자. 크게, 넓게 보는 눈을 가진 지혜로운 사람이 되라는 의미이지만, 그냥 아침에 하나 더 먹는 것을 감사하며 살아가는 것도 나쁘지 않다고 생각한다. 감사는 마음의 평화를 가져오고 같은 상황도 웃음으로 바꿔주니까.

똑 같은 생각을 반복하면 현실로 이루어진다는 말이 있듯이, 매일 감사를 반복하다보면 감사할 일이 쌓여가지 않을까. 삶을 다음과 같이 살아갈 수 있다면 더 할 나위 없이 좋을 것 같다.

타인의 장점을 더 발견해서 칭찬해주고, 타인의 눈물에 공감할 줄 아는 삶. 배움에 적극적이고 새로운 것에 도전할 줄 아는 멋진 사람. 어떻게 살아가야 하는지 보여주는 부모로서의 삶. 존경하는 사람이 생

기게 해 주소서. 친구를 소중히 여기게 해 주소서. 나를 있는 그대로
사랑하고, 지나간 일에 미련을 두지 않게 해 주소서. 다가올 일을 두려
워하지 않게 해 주소서···.

- ☆ -

내 어조는 점점 기도로 바뀌어 갔다. 감사라는 말은 그 생각 자체만으로도 큰 위력이
있는 듯하다. 감사한 일을 생각하면서 표정이 일그러지는 사람을 보지 못했다.

# 인간 본연의 향기

노란 제복을 입은 택시운전사 만섭(송강호 분)이 연두색 택시를 운전하며 라디오에서 흘러나오는 '단발머리'라는 노래를 흥얼거리며 터널을 빠져 나간다. 그 장면에서 찰랑거리며 시대의 단상들이 지나간다. 영화 '택시운전사'의 OST, '단발머리'를 흥얼거려 본다.

"비에 젖은 풀잎처럼 단발머리 곱게 빗은 그 소녀,
반짝이는 눈망울로 내 마음에 되살아나네."

이 노래가 당시 젊은이들의 헤어스타일을 유행시키기도 했겠지만, 사실 단발머리는 무엇보다도 관리가 간편했다. 학창시절뿐 아니라 그 시절 여자 아이들은 주로 단발머리였다. 생계에 밀린 부모들은 자식의 머리를 단장해줄 시간이 역부족했으므로 단발머리를 선호했던 점도 있다. 그때 우리는 은정이(택시운전사의 딸)처럼, 물질적으로는 풍요롭지 않았어도 마음만은 황금빛 들판처럼 풍요로웠다.

어린 시절, 할아버지를 따라 남동생과 이발소에 갔던 일이 생각난다. 나도 그곳에서 머리를 단발머리로 잘랐다. 이발사가 양쪽 손길이에 걸쳐준 송판 의자에 앉으면 뒤에 걸린 액자가 거울에 비쳤다. 물레방아가 돌아가는 그림이었다. 황금빛 논과 초가지붕도 있었던 듯하다. 어린마음에 나쁜 사람도 그곳에 앉으면 꼭 착한 사람이 될 것 같은 그런 풍경 그림이었다.

풍경 그림하면 19세기 밀레의 '만종'이나 '이삭 줍는 여인들'이란 그림이 떠오른다. 이 그림을 모르는 이는 거의 없을 것이다. 그 풍경에서 어릴 적 그 이발소의 향수를 느낀다. 물레방아는 없지만, 양이 풀을 뜯고 풍차가 돌아갈 것 같은 너른 들판과 하루의 일과를 마치고 들판에 서서 두 손 모아 기도하는 사람과 머리에 수건을 둘러쓰고 이삭을 줍는 여인을 보면 선한 기운이 스민다. 편안하고 안온하다.

그러나 그 그림을 그릴 당시 밀레는 어느 때보다 가난으로 인한 깊은 절망의 늪에 빠져 있었다. 여인의 나체 그림을 그리면 가난에서 벗어날 수 있다는 유혹의 손길이 있었으나, 그런 그림을 그리고 싶지 않았다.
절망 속에서 오히려 사람은 특별한 것을 끌어내는 능력을 발휘하는가.

인생 포물선은 뜻밖의 방향으로 흘러가기도 한다. 그림 이야기로 시작했으니 그림이야기로 마무리하련다. 시력을 잃은 화가의 풍경 그림을 본 적이 있다. 그림을 그리는 사람이 시력을 잃는다면 어떻게 그림을 그릴까(그보다 큰 절망, 두려움, 좌절은 없으리). 화가는 시각대신 촉각을 사용한다. 물감을 만져보고 기름이 섞인 미끄러움의 정도로 색깔을 구분한다. 베토벤이 청력을 잃고 작곡하는 모습과 요리사가 혀의 감각을 잃고 요리하는 장면을 상상해 보라. 절망도 어쩌지 못하는 것이 천재적 영감인 것일까.

타고난 영감으로 시를 썼다는 단테의 신곡 지옥편을 그린 그림이 있다. 총 아홉층으로 묘사한 그림에는 인간이 상상할 수 있는 모든 방식의 형벌이 구사되었다.

지옥문을 들어서면 어떤 지옥이 펼쳐질 것 같은가. 우리는 한 번도 경험한 적이 없는 끔찍한 지옥을 상상할 수 있다. 음, 물론 상상하는 그 장면도 지옥일 것이다. 그러나 가장 지옥다운 진짜 지옥, 그것은 단테가 이미 예시한 바가 아닐까. 희망을 버려야 하는 곳, 영원히 희망이 없는 곳 말이다. 그 지옥문 입구에 이런 섬뜩한 문구가 쓰여 있다.

"이곳에 들어온 자 모든 희망을 버리라."

지옥을 만든 자도 어쩌지 못하는 것이 있다면 그것은 천재성이 아니라 바로 희망이다. 희망은 절망 너머 궤도를 보게 한다. 그것이 영화의 OST나 그림의 분위기에 녹아 있고 음식의 맛에 배어있다. 어린애도 느낄 수 있는 인간 본연의 향기이리라.

절망은 오늘 내가 살아갈 이유가 된다.

"앞으로 잘 될 수 있는 가능성"

# 하〜 하고 숨을 쉬며

갑자기 내게 뜻밖의 행운이 찾아오면 어떻게 할까. 좋은 기회다 싶으면 내 것으로 만들어야 하리라. 신속하고 지혜롭게.

때때로 행운은 사람의 생을 전혀 다른 궤적으로 바꾸어 놓는다. 로또에 당첨된 고향사람 이야기를 들었다. 거액을 거머쥔 그 사람의 뒷이야기가 행복으로 이어졌는지는 잘 모르지만, 로또 사상 처음이라는 그 임팩트가 전하는 여운이 상당했다. 같은 터에서 나고 자란 나에게도 로또는 아니더라도, 그 사람처럼 '촉이란 것이 있지 않을까' 실없이 덧대어 본다. 타인의 강요에 의하지 않고 자연스럽게 선택을 이끄는 힘. 촉의 눈은 종종 좋은 결과로 이어진다.

촉은 제3의 눈이라 불린다. 이성적 판단이나 논리적인 추론 없이 순감각적으로 파악하는 힘이다. 때때로 사람은 판단의 근거를 촉에 맡긴다. 촉보다는 계산되는 진실을 믿는 사람도 있겠지만, 내 경우는 그런 편이다.

순간적으로 눈이 흔들리거나, 변명이 빈궁하고 필요 이상 정확히 설명하면 내 촉이 기지를 발휘한다. 우선 너무 따지지 말고 그냥 지나가 주어야 하리(목숨이 걸리지 않은 이상). 하지만 아무리 경험에 의한 촉을 쌓아간다고 해도, 매 순간 날카로운 매의 눈을 가질 수는 없다. 배터리도 오래되면 방전되듯이, 순간적인 기지를 발휘하기 위해서는 끊임없는 재충전이 필요하다(방전은 무언가의 결핍이 아니다).

　나이가 어릴수록, 첫 번째 감정은 흥분, 욕심, 분노, 오기인 것 같다. 다른 말로 활력이라고 한다. 그 다음으로 오는 감정이 예감이나 느낌 등 기분이고, 마지막 감정이 평정심이 아닐까.
　평정심이 찾아오면 비로소 냉각된 두뇌로 이성적이고 가치중립적인 시각을 가지고 말하게 된다.
　"약한 자가 할 수 있는 것이 인내"라고 말 한 사람도 있지만, 그건 잘 모르고 하는 소리다. 성공한 사람이 모두 다 가지고 있던 그것, 바로 인내다. 천부적인 능력보다 끈기와 인내로써 성공한 사람이 더 많다.
　"인내할 줄 아는 사람은 원하는 걸 가질 수 있다."라고 하지 않던가. 인내야말로 고도의 기술이며 인생 성공의 키워드이다. 그만큼 인내로써 사람을 대하기란 어려운 일이다.

　그러나 타인보다 더 어려운 상대는 늘 자기 자신이다. 어떤 땐, 평정심을 가지고 인내하는 것도 좋지만, 순간적인 판단을 잘해야 하는 매우 중요한 순간이 온다.
　인내와 촉을 소재로 한 영화로 <신의 한수>라는 바둑 영화가 있다. 바둑을 전혀 모르는 관람객에게도 이세돌과 알파고의 대결처럼 흥미진진하게 뇌의 말초신경을 자극한다.

　이 영화의 화룡점정은 마지막 판을 뒤집은 딱 한 알의 바둑알이다.

마음을 비우고 촉으로 내려놓은 한 수가 오랜 시간 고심 끝에 둔 한 수를 능가한다는 내용. 간혹 인간의 촉은 판을 뒤집는 한 수가 되기도 한다.

- ☆ -

그래도 나는 촉, 제3의 눈을 능가하는 것이 평정심이라고 생각한다. 평정심을 잃으면 현재인 하루도 '하'로 시작하기 힘들다. 마음의 여유가 없고 긴장과 분노 상태에서는 절대 웃음이 나오지 않기 때문이다. '하~' 숨을 쉬어 포물선을 만들어 본다. 빈 공간에 촉도 들어와 앉으리.

# 최고의 찬사

포물선으로 둥지에 날아드는 참새를 보았다. 찍찍찍 새끼 소리가 들렸지만, 나는 둥지의 위치를 알 수 없었다. 조류는 영리해서 동물 중에서 가장 진화한 집을 짓는다고 한다. 새 둥지 수프에 관하여 들은 적이 있다. 그 옛날 중국 황실에서 대대로 선호하던 요리다. 이 요리는 바닷가에 서식하는 금사연이란 제비가 지은 둥지를 재료로 쓴다. 지금도 여전히 고가의 요리 재료가 되는 이 둥지를 채집하기 위해서 제비집 사냥꾼이 눈에 불을 켜고 찾아다닌다. 한국의 심마니가 산삼 찾아다니듯이. 제비집을 요리 재료로 쓴다니 불결할 것 같다는 생각이 먼저 들지만, 둥지의 재료가 조금 색다르다.

인간이 그렇듯이 새들도 집을 지을 때 주로 근처에서 구하기 쉬운 재료로 집을 짓는다. 육지에 사는 새는 보통 흙이나 나뭇가지로 집을 짓고, 바닷가 근처의 새는 해초나 바다 생물을 물어다 집을 짓는다.
그런데 바닷가에 서식하는 금사연은 독특하게도 집을 지을 때 자신의 몸에서 나오는 체액(침)을 둥지의 재료로 활용한다. 인간이 벽돌로 집을 지을 때 시멘트를 접착제로 사용하듯이 이 분비물이 접착제 역할을 하는 것일까. 여전히 요리 재료로서 적당하지 않다는 생각이 들지만, 이 둥지가 인간 욕망의 표적이 되는 이유다. 그러나 단순하게 이 체액 때문만은 아닌 것 같다.

새는 둥지를 지어야 하는 날의 기상(氣象)을 본능적으로 감지한다. 음, 어떤 날을 택일할까. 상상해 보라. 당연히 바람 한 점 없는 맑고 고요한 날일 것 같지 않은가.

그 상상이 무색하게도, 금사연은 궂은 날에 둥지를 짓는다. 어떠한 악조건에도 알을 낳아 부화시켜 안심하고 새끼를 키울 수 있는 튼튼한 둥지를 짓기 위해서다.

호랑이는 새끼를 낳으면 낭떠러지 아래로 떨어뜨려 제 힘으로 기어오르는 새끼만을 키운다는 이야기가 있다. 근거가 미흡한 이야기라고도 하지만, 이 이야기는 경쟁자가 없는 생태계 최상위 포식자도 스스로 어려운 역경을 잘 헤쳐 나가지 못하면 도태되어 간다는 이치를 역설한 것일 게다. 강한 것만이 살아남는다는 자연의 이치를 설명하고자 한 것이다.

새는 실험하며 둥지를 짓는 지혜가 있다. 태풍은 깎아지른 절벽 사이 움푹 들어간, 가장 안전한 장소를 물색하기 위한 재료가 될 것이다.

둥지의 재료가 되는 기상. 바다제비 둥지 요리에는 어떤 심오한 맛이 숨어 있을까. 단순하게 해초 맛이나 젤라틴(침)이 섞인 맛은 아닐 것 같다. 절벽을 내리친 태풍은 물론이고 뜨거운 태양과 달빛과 별빛, 수평선 너머 어둠과 적막의 맛도 함께 섞여 있을 것 같은 느낌이 든다.

원재료인 둥지의 맛은 무미(無味), 무향(無香), 무취(無臭)라고 한다. 물(水)처럼 어떤 맛과도 어울릴 수 있는 맛이라면, 요리재료로서는 최고의 찬사가 아닐까.

기상을 고통으로 바꾸어 생각해 보았다. 나는 어떻게 살아가고 있는가. 비, 눈, 바람, 안개, 구름, 기온 등을 잘 활용하고 있는가. 새처럼 기상을 삶의 재료로 잘 활용하며 생을 꾸려가는 지혜가 있다면 악천후를 겁낼 필요는 없으리라.

- ☆ -

인간의 삶에서 최고의 찬사는 무엇일까. 강한 것만이 살아남는 다는 자연의 이치를 따르는 것일까. 목계지덕(木鷄之德)을 지닌 사람이라는 말이 생각난다. 목계란 나무로 만든 닭이라는 뜻으로 나무로 만든 닭처럼 자신의 감정을 완벽하게 통제할 줄 아는 능력을 가진 사람이다. 감정이 살아 있는 사람으로서 완전히 그러기가 쉽지 않겠지만, 어떤 기상에도 평상심을 유지하려는 사람을 말한다.

# 따뜻한 기억으로 살아진다

사람이든 추억이든 그 안에 느낌이 흘러야 좋은 기억으로 오래오래 가슴에 머문다. 되돌려볼수록 마음이 따뜻한 기억이 있다면 함께 나누워도 좋으리라.

마을 옆 공원으로 산책하러 나서는 길이었다. 놀이터에서 왁자한 웃음소리가 들려왔다. 네댓 명의 아이들이 팔짝팔짝 뛰면서 줄넘기 놀이를 하고 있다. 줄이 살짝살짝 땅을 치며 돌고 도는 포물선은 언제 보아도 활기가 있다. 아이들의 종아리가 봄물이 오른 나뭇가지처럼 생기가 돌고 탱탱하다. 유난히 반가웠다.

요즘은 동네 아이들이 여럿이 어우러져서 노는 모습도 보기 힘들다. 시간만 나면 으레 마을 공터로 나와서 여럿이 모여 놀이를 하던 때도 있었다. 줄넘기 놀이를 하는 아이들이 부르는 노래에 감흥 받아 눈앞에서 흑백 사진들이 훅훅 지나갔다.

꼬마야 꼬마야 뒤로 돌아라.
땅을 짚어라····.

음, 이런 노래가 아직도 불리고 있는가. 노랫가락이 바람처럼 다가왔다. 여전히 구전으로 전해 내려온다는 게 신기했다. 기억 속에서 희미하게 사라지고 있는 고무줄놀이, 땅따먹기, 사방치기 등 옛 놀이가 생각났다. 놀이의 의미보다 어린 시절을 돌이켜보니 저절로 미소가 나왔다. 이런 장면에는 코흘리개 사내 녀석들도 구석에 숨어있어야 하리. 호시탐탐 훼방 놀 기회를 엿보면서 말이다.

아이들은 순수한 마음으로 놀이를 한다. 어린 시절에는 보이는 모든 것을 신기한 놀이로 받아들였는데 커서는 어떤가. 모든 보이는 것이 당연한 풍경으로 보이지 않는가.

- ☆ -

이전에 정말 전혀 못 보던 모습이었을까. 선물은 거창한 곳에 있지 않았다. 그리움도 향수도 어려움 속에서 더욱더 깊어지는가 보다. 아이들은 희망이라더니. 아이들이 모여서 노는 모습이 당연하게 보이지 않았다. 어떤 땐 희미하게 기억 속에서 '사라지는' 추억으로 삶이 '살아진다'.

# 나를 헹구다

강풍 주의보를 모르고 밖으로 나갔다. 강풍 전이라 그랬나. 하늘은 더 깊고 푸르렀다. 포물선 형상의 뭉실한 구름이 빠르게 움직였다. 공원 초입에 들어섰는데 빗방울이 떨어졌다.

거센 바람이 키 높은 소나무 덩치를 이리저리 흔들었다. 하늘을 올려다보니 시커먼 구름이 금방 어디서 나타났는지 눈이 부시도록 새하얀 구름과 대비를 이루고 있다. 음, 안 되겠다.

콧등에 흩어지는 빗방울을 느끼며 황급히 발걸음을 되돌렸다. 집에 도착해 가는데 언제 그랬느냐는 듯 바람이 빗방울을 거둬갔다. 어쩌나···. 망설이는 길에 한 아저씨가 소나무 아래 쪼그리고 앉아서 흙을 파고 있다. 이런 날씨에 묘목을 심고 있다니.

강풍에 소나무 잎은 공중에서 네 활개를 쳤으나, 삐죽이 기둥 하나 올라간 땅 주변은 늘 휑했다. 무슨 나무를 심는 것일까.

"무슨 나무를 심으세요? 소나무 아래는 식물이 못 사는가 봐요."
소나무 아래에서 누렇게 죽어가는 관목이 초라해 보였다.

"네···. 송진이 떨어져서 이파리가 숨을 못 쉬어요. 뿌리는 또 얼마나 강한데요. 바위도 뚫고 가는 게 소나무 뿌리라니까요."

다른 식물이 소나무 근처에 접근하기 힘든 이유다.

"올해 영산홍이 필까요?"
코로나 19로 공기가 암울하기도 했지만, 꽃망울도 없는 묘목을 보고 내가 물었다.
"아마 피울 거예요. 몇 송이라도···."
아저씨는 호미로 땅속에서 나온 돌덩이를 골라냈다. 돌덩이라기보다 아파트를 건축하면서 파묻어 놓은 시멘트 조각 같았다. 소나무도 곁을 주지 않고, 땅속도 이런 상황이니 관목이 뿌리를 내릴 여지가 없어 보였다. 아무리 좋은 볕과 바람과 물이 있다 해도, 깊은 뿌리를 내리려면 좋은 땅도 필요하고 이웃도 좋아야 하는가 보다.

시멘트 덩이를 골라내며 아저씨가,
"저기 저 주목도 작년에 제가 심은 거예요."
"아~ 네···."

아저씨가 가리키는 호미 끝을 봤다. 한눈에 알아보았다. 소나무와 뚝 떨어져 서 있는 검푸른 잎. 그쪽은 눈여겨본 적이 없어서 존재 자체도 의식하지 못했다. 저 정도 포물선이면 멀뚱히 키 큰 소나무보다 수령이 더 많다.
아저씨는 작은 주목을 자식처럼 애정이 어린 시선으로 바라보았다.

마치 내가 쓴 글들이 한없이 애정으로 관대하게 다가오듯이.


"아저씨, 수고하세요."

공원으로 되돌아가는 등 뒤로 나직한 목소리가 다가왔다. 분명 혼잣말은 아니었는데 크게 하는 말도 아니었다.

"고마워요. 관심을 주어서···."

집안일처럼 표 안 나는 일을, 날씨 변화에 상관하지 않고 일정대로 묵묵히 단지를 관리하는 조경사 아저씨의 말이 아련하게 스쳤다.


"그렇구나. 별 관심이 없었구나. 주변에 어떤 것이 심어지고 뽑혀 나가는지."


- ☆ -

센 바람이 등을 밀었다. 커다란 쿠션을 등에 대고 걷고 있는 기분이 들었다. 그 큰 존재에 기대어 밀어주는 속도로 걸었다. 구름 낀 마음에 시냇물이 흘렀다. 흙과 소나무, 주목과 영산홍을 두고 하는 대화에 때가 낄 리 없다. 잠깐 주고받은 몇 마디 대화에서 나를 헹군 것 같았다.

# 세상에 미친 자들

화천에 갔다. 행보관을 따라가니 면회소에 군복을 입은 병사가 앉아 있다. 더부룩한 머리 충혈된 눈. 한 눈에도 초췌한 몰골이다.

"입술이 바싹 말랐네." 병사의 눈동자가 흔들렸다. 손을 잡아 보았다. 긴장하고 있는지 한겨울인데도 축축하게 땀이 나서 차가웠다.

병사는 현부심(현역 부적합 심사)을 원한다.

"어떻게든 잘 버텨봐."

이런 말을 하고 싶은 게 솔직한 심정이다. 자식을 군대에 보낸 부모 마음은 다 같다. 슬기롭게 어려움을 이겨 나갔으면 한다. 마음은 그런데, 병사가 처한 상황을 잘 모를 수도 있다. 무조건 견뎌내라는 것은 잘못이다. 다만 사리 판단보다는 감정에 치우칠 수도 있는 스물한 살 어린 나이다. 단순하게 힘든 상황을 벗어나고 싶은 것인지도 모른다.

힘든 상황이란 무엇인가. 군에서 난무하는 어떤 상황을 상상해야 하는가. 경험이 없으니 나는 알 수가 없다. 요즘 군대 환경이 많이 달라졌다고 해도, 특출해 보이는 병사는 눈엣가시가 아니겠는가.

세상의 미친 자들에게 붙여지는 이름이 있다.

현실 부적응자,

반항아,

문제아,

부적합 판정을 받은 자,

사물을 다른 각도에서 바라보는 자들,

이들은 규칙을 좋아하지 않는다.

그리고 현상 유지를 별로 존중하지 않는다.

당신은 그들의 말을 인용할 수 있고,

그들에게 동의하지 않을 수도 있고,

그들을 칭찬하거나 비난할 수 있다.

하지만 그들에 대해 당신이 할 수 없는 단 한 가지는

그들을 무시하는 일.


왜냐하면 그들은 사물을 바꿔 놓기 때문이다.

그들은 발명하고 상상하고 치료한다.

탐험하고 창조하고 영감을 불어넣는다.

그들은 인류를 앞으로 나아가게 만든다.

어쩌면 미쳐야만 하는지도 모른다.

그렇지 않고

어떻게 텅 빈 화폭에서 그림을 볼 수 있겠는가.

어떻게 침묵 속에 앉아 결코 쓰인 적이 없는 노래를 들을 수 있겠는가. 또는 붉은 행성들을 응시하면서 우주 정거장을 떠올릴 수 있겠는가.


어떤 사람들은 그들을 미치광이라 부르지만

우리는 그들을 천재라 부른다.
세상을 바꿀 수 있다고 생각할 만큼
미친 사람들만이
결국 세상을 바꿀 수 있어서.

구불구불 열두 구비 강원도 산길을 넘어오면서 어느 고등학교 교사가 썼다고 전해지는 위의 글을 수도 없이 떠올리며 위안으로 삼았다.

- ☆ -

오늘 면회한 것이 아들에게 잘된 일이라는 생각이 들었다. 병사의 부모에 대한 선입견을 어느 정도 해소해 주는 역할을 한 것 같다. 단체생활을 어려워하는 트라우마가 여전히 있는 것 같다. 마음속에서 축축한 손을 다시 힘주어 잡았다. 이 시간도 지나갈 것이다.

# 미덕

그 사람은
거친 도전에도 온화하게 응답하고
부당한 대우에도 침묵을 지키며
모욕을 받아도 위엄을 잃지 않고
자극을 받아도 자제력을 지키면서
동시에 성취해내는 사람입니다.

사람의 마음에는 신기한 기능이 있습니다.
반작용이라는 기능입니다.
어떤 하나의 덕목이 모자란다고 생각하면

- ☆ -
그 반대급부로 모자란 것을 채우기 위한 반작용이 일어납니다.
부디 나에게 반작용이 일어나길.

# 어릴 적 환경이 평생 간다

성공한 영화감독의 일생을 그린 영화를 소개한다.

전쟁 중 아버지를 잃고 어머니와 여동생과 함께 가난하게 살아가는 12살 소년 토토(영화감독 살바토레의 아명)는 철이 없다고 어머니에게 매질을 당하고 구박받는 아이다.

소년의 놀이터는 마을 광장에 있는 낡은 극장이다. 극장에 숨어들어 영화를 보다 매번 들켜서 혼이 나고 도중에 쫓겨나지만, 극장은 자석처럼 소년을 끌어당긴다.

아델피오 신부는 극장에서 상영되는 필름을 검열하는 역할을 한다. 신부는 키스신이나 베드신 등이 관객에게 노출되는 것이 허용되지 않던 당시 문화에 따라, 그런 장면들을 가차 없이 편집한다. 이때 사춘기 소년은 잘려진 필름 조각들에 흥미를 느껴 몰래 주어와 살펴보기도 하고, 또 필름과 대화를 하며 혼자 논다.

영화 속 세상에 사는 토토의 일생을 바꾼 계기가 된 것은 두 사람과의 만남이다. 아델피오 신부의 소일거리를 돕고 푼돈을 벌던 과정에서 영사기사인 알프레도와 맺은 인연이 그 첫 번 째다. 처음에 알프레도는 영사실에 들어오는 소년이 귀찮고 성가시었다.

영사실은 위험한 기계가 있기도 하지만, 무엇보다 휴일도 없이 먼지가 자욱한 좁은 공간에 갇혀 지내게 되는 힘든 일에 어린애가 과도한 관심을 보이는 것이 마땅치 않았다. 하지만 자신도 어릴 때부터 영사실 일을 했듯이, '덕후'는 주변 눈치에 아랑곳하지 않고 빠지는 법이다. 점차 알프레도는 소년의 집념과 영리함에 마음을 열게 되고, 아버지가 없는 소년의 멘토가 되어준다.

어느 날 알프레도는 마을 광장에서 야외 상영을 하다가, 상영 중에 일어난 화재로 실명하고 만다(인연은 저절로 굳어지는 것이 아니다. 그때 소년이 화재현장으로 뛰어 들어가 쓰러져 있는 알프레도를 끌어냈다). 더 이상 영사기사 일을 못하게 된 알프레도를 대신해서 어깨너머로 영사기술을 익힌 소년이 일하게 된다.

이젠 생쥐처럼 극장에 몰래 숨어들 필요가 없어진 소년. 친구가 실명 한 것은 슬픈 일이지만, 기회가 왔을 뿐만 아니라 자신이 열성적으로 좋아하는 분야의 일이 밥도 먹여주는 '덕업일치' 밥벌이가 가능하게 된 것이다.

어느덧 청년이 된 토토는 두 번째 인연인 사랑하는 여자 엘레나를 만난다. 진실로 사랑하는 사람을 향해 쏜 화살의 궤적은 그 어떤 포물선보다 아름답다. 토토의 끈질긴 구애로 두 사람은 열렬한 사랑을 불태우기에 이르지만, 엘레나에게 쏜 큐피드의 화살은 얄궂기만 하다. 신분의 차라고 할까, 빈부의 벽이라고 할까. 엘레나 부모의 반대로 그 첫 사랑은 나락으로 떨어져 좌절하고 만다.

"내 비록 시력은 잃었지만 전보다 훨씬 많은 것을 본단다." 알프레도는 엘레나를 잊지 못하는 토토에게 희망이 없는 작은 마을을 떠나 더 넓은 세상, 로마로 나가서 더 많은 것을 배워 성공하라고 조언한다.

"인생은 네가 본 영화와는 달라. 인생이 훨씬 힘들지."

영화 '시네마 천국'은 자라나는 환경이 사람을 만든다는 생각이 강하게 드는 작품이다. 영화는 덕후에서 영사기사로, 최종적으로 영화감독이 된 토토가 알프레도의 장례식에 참석하며 30년 전 과거를 회상하는 감정 포물선을 그렸다.

내가 미치도록 좋아하는 일을 직업으로 삼고, 내가 좋아하는 사람이 나를 좋아하고 평생 함께 살아갈 수 있는 인생이라면, 그보다 성공한 인생이 또 있을까. 이 영화를 보면 진실한 갈망이나 사람에 대한 그리움을 간직하며 사는 것 또한 무엇보다 삶의 동력이 되는 것 같다.

이 영화의 명장면을 보다가 어릴 적 함께 놀던 한 친구가 갑자기 그리워졌다. 도청 아래에 있던 문화관 지하 관사에 살던 친구였다. 나는 어릴 때 도서관에 속해 있는 관사에서 살았다. 도서관 직원이었던 아버지는 어둑새벽이면 어김없이 일어나서 도서관 문을 열었다. 시립 도서관이 새벽부터 문을 열어서 형설지공을 쌓아가는 사람들에게 열람실 역할을 했다.

신선한 새벽 공기를 가르고 건물의 셔터가 드르륵 올라가면, 한겨울에도 문 앞에 서 있던 사람들이 호호하고 입김을 뿜으며 기다렸다는 듯 들어왔다. 한번은 나도 새벽에 일어나서 문 앞에서 기다려 본 적이 있다. 그때 문을 열고 흐뭇하게 학생들을 바라보시던 아버지의 표정을 보았다. 그 표정이 좋아서 그 시간에 일어나 열람실에 가고자했다.

집 주변에는 문화관, 도청, 신문사 등 관공서가 많았다. 사는 곳이 주택가가 아니므로 같이 뛰어 놀 친구가 없었다. 그러다 무엇에 이끌리듯 유일하게 같은 처지의 또래 여자 아이를 알게 되었다. 위에서 말한 문화관 관사에 사는 아이였다.

당시 문화관에서는 연극이나 춤 공연 등 각종 행사가 열렸다. 학교가 파하고 집에 오면 그 애가 나를 데리고 그 애의 집을 통해 관람석으로 갔다. 지하를 통해 캄캄하고 좁은 통로 길을 따라 끝까지 올라가면, 일반석이 내려다보이는 영사관 앞 귀빈석에 당도했다. 일반석이 북적거릴 때도 그 좌석은 한가해서 우리만 공연을 볼 때도 있었다.

공연은 반복해서 볼수록 재미있었다. 발끝으로 서서 춤을 추는 발레도 신기했고, 버선코가 살짝살짝 보이는 치마저고리를 입고 사뿐사뿐 춤을 추는 부채춤을 보노라면 어린 나도 황홀하다는 감정이 무엇인지 알 것 같았다. 한번은 농악을 보다가 북소리를 들으며 넓은 의자에 폭 안겨 잠이 들었다. 조용해서 눈을 떠 보니 무대에 사람이 없고 사위가 캄캄했으니, 두 집안을 화들짝 뒤집어 놓은 것은 말할 것도 없다.

우리는 공연이 끝나면 일반석 사람들에 섞여서 커다란 출구로 나왔는데, 그 때 긴장감이 풀리면서 확 밀려오는 시원한 공기가 그렇게 상쾌할 수가 없었다. 무엇에 대한 갈망이었을까. 연극에 '덕후'였던 그 애는 이사를 갔고 나는 다시 외톨이가 되었다.

사람이든 사물이든 어떤 이끌림 속에는 특별한 그리움이 있다. 지금도 도서관이나 공연장에 가면 강아지처럼 킁킁대며 무엇을 찾아가려고 한다. 영화감독이 된 토토가 그리움의 냄새를 찾아가는 것과 비슷하다. 설명하기 힘든 이끌림인데 어떤 느낌을 찾으려고 하는지도 모른다. 추억의 입맛을 찾아가듯이.

덧붙이면, 이 영화에서 명장면은 마지막 장면이다. 인생을 살면서 진정한 친구를 만난다는 것은 이런 것이리라.

그 이어붙인 필름은 과거 신부의 검열 때문에 편집되었던 부분을 알프레도가 꼬마친구 토토(필름을 돌릴 때는 성공한 영화감독)에게 선물로 남기고 간 유품이다. 말로서 형용하기 힘든 감정이 전해질 때 멍하고 눈물이 고이는가 보다. 끊임없이 이어지는 영화 주인공들의 키스신이 너무나도 아름다웠다. 영화감독의 눈에 눈물이 고인다.

그리움은 봄의 약동 여름의 성장, 가을의 조락을 거쳐도 낡지 않는가 보다. 때론 영화 속의 영화처럼 잠재된 기억이 더 섬세하고 선명하게 다가온다. 그 문화관 아이는 어디서 무엇을 하고 있으려나. 안타깝게도 인상만 생각날 뿐 이름이 떠오르지 않는다. 무대 감독이 되었을까. 만나면 서로 알아볼 수 있을까. 꽃은 시들어도 그 꽃의 향기가 살아있듯이, 살면서 생각할수록 기분이 좋아지는 느낌이 드는 사람을 만났다면 그 아이 아니었을까.

어쩌면 우리 주변에 수많은 토토가 존재할지 모른다. 몰두 할 일이 있다는 것은 아름답다. 알프레도가 꼬마 친구에게 한 조언 중 다음 대사의 의미를 생각한다.

"토토. 네가 영사실 일을 사랑했던 것처럼 무슨 일을 하든 네 일을 사랑하렴."

# 비단벌레

특별한 변수가 없는 한 매일 대모산 능선을 본다. 오늘도 이른 아침 고운 햇살에 눈을 떴다. 창 쪽을 보니 길 건너 길게 누운 포물선 모양의 대모산도 기지개를 켠다. 고래 잔등처럼 부드럽게 굽이친 능선. 봉긋하게 올라온 곳은 누운 여인의 매끄러운 둔부 같기도 하고, 어릴 적 어머니의 풍만했던 젖가슴 같기도 하다. 참 아름다운 신의 곡선이다.

포근히 다가온다. 품어본다. 이제 이 포물선도 나를 사랑하게 된 것일까. 자신에게 질문해 보는 시간은 어느 날 문득 손바닥의 손금을 물끄러미 들여다보는 것처럼 온다. 매일 달고 있던 손인데.
나에게 가장 소중한 가치는 무엇일까?
내가 추구하고자 하는 길은 무엇인가?

매일 이 포물선을 품으면 닮아갈 수 있을까. 능선처럼 품이 넉넉한 글을 쓰는 꿈을 꾸고, 풀씨 같은 포부 하나쯤 가슴속에 간직하며 살아도 될까.
깊은 산속 맑은 약수와 같은 문장이 퐁퐁 솟아나는 가슴은 아무에게나 있는 것이 아니리라. 매일 무슨 생각을 하고, 무엇을 보고,

무엇을 듣고, 어떤 감각을 느끼고 살아야 조금씩 이 능선을 닮아갈 수 있을까.

　비단벌레의 사랑 이야기가 생각난다.

　아주 오래전, 비단벌레는 이름만 비단벌레였지 그 이름에 어울리는 날개를 달고 있지 않았다. 다른 벌레들은 그런 그를 놀려댔다.

　"하하. 이름만 비단이면 뭐해?"

　그중에서도 개똥벌레가 가장 많이 놀렸는데, 비단벌레는 밤하늘을 가르며 빛을 뿜고 지나가는 그가 부러워, 놀림을 당해도 대꾸 한마디 못했다. 비단벌레는 날마다, '어떻게 하면 이름 그대로 비단처럼 아름다운 벌레가 될 수 있을까'를 곰곰이 생각했다.

　그러던 어느 날 밤하늘의 찬란한 별들을 바라보던 비단벌레는, 문득, 별빛을 가득 받으면 아름다워질 거라는 생각이 들었다. 그 뒤 비단벌레는 날마다 밤하늘의 별들을 바라보았다. 그러다가 그만 별들을 사랑하게 되었다.

　별들 또한 비단벌레를 사랑하게 되었는데, 그 마음이 빛날 때마다 비단벌레의 날개는 별빛으로 찬란했다. 지금도 비단벌레는 별들을 사랑한다. 비단벌레가 지금처럼 황적색과 금빛과 녹색이 한데 어울린 아름다운 날개를 갖게 된 것은 바로 그 까닭이다.

- ☆ -
정말 간절하고 절실하면, 그것을 매일 바라보는 것만으로도 닮을 수 있으리. 보이지 않는 근육을 단련하기 위해서 오늘도 할 수 있는 작은 것을 했다. 감사하게. 인생의 계절도, 인연도, 능선도 어쩌면 다 그런 비단벌레의 눈으로 바라보아야 하리라.

# 기다려 줘서 고마워

사락사락 눈이 내린다. 철 지난 신문지가 쌓여서 정리하며 뒤적거려 보았다. 큼직한 머리기사가 저마다의 소리를 낸다. 길가에 세워둔 자동차 문틈에 꽂혀 있는 명함처럼 야릇한 느낌을 풍기는 명함도 있고, 신문지로 덮어 놓은 응가처럼 구린내를 풍기는 제목도 있다. 달맞이꽃 향기를 담고 있는 제목에 먼저 눈길이 갔다.

"기다려 줘서 고마워."라는 제목의 글을 죽 읽어 내려갔다. 누구를 기다리는 걸까. 아들이 아침에 일어나서 가장 먼저 하는 일은, 어머니를 화장실에 모셔다 드리고 기다린다는 내용의 글이다.

그는 화장실 앞에서 이렇게 묻고 기다린다.
"엄마, 끝나셨어요?"
밥을 떠먹여 드리며 또 묻고 기다린다.
"엄마, 다 씹으셨어요?"

아, 치매에 걸린 노모와 아들의 대화다. 노모의 손발이 되어 주고 있는 아들의 일상 풍경이 포개진다. 눈시울이 시큰하다.

오랜 병상 생활을 하다 덧없이 떠나가신 아버지 생각이 났다. 가슴을 깊게 후벼 판다. "좀 더 인내했더라면···. 마음에 가뭄이 온 나를 이 글이 촉촉이 적셔준다. 나도 그 아들에게 촉촉한 단비가 될 수 있는 마음의 소리를 보내고 싶다.

"잘 해내고 있어, 끝까지 응원할게 힘내. 이런저런 일들로 힘들겠지만, 그 모든 것이 영원하지는 않아···."

세상을 밝히는 힘은 실시간 검색어 1위도, 굵직한 헤드라인 뉴스도 아니다.
"기다려 줘서 고마워."
진실한 말 한마디가 어두운 마음을 밝히고, 가짜 뉴스가 풍기는 냄새를 씻어낸다. 누구나 힘든 고비가 있다. 그 시기의 삶이 어떠한 가치를 지니는가는 시간이 길게 지나서야 이해할 수 있었다. 매일 덕담 한마디로 시작하고 마무리하면 얼마나 좋을까.

"오늘도 힘내세요."
"오늘도 수고 많으셨어요."

- ☆ -
**사락사락 마음에 눈이 내린다.**

# 못

"나, 과거에 날씬했던 여자."

이 말은 듣는다면 여자의 어떤 모습을 연상하는가. 우리는 관점에 따라 편견이 가득 찬 시선으로 세상을 본다.

'현재 다이어트에 실패한 여자구나.'라고 생각할 수도 있고, 날씬했던 과거에 애착이 있는 여자를 연상하거나, 의외로 성격이 털털할 것 같은 여자를 생각할 수 있다. 반면 "여전히 날씬한 몸매의 소유자일 것이다"라고 핵심을 파고드는 예리한 사람도 있다. 과거의 나는 현재의 나라는 관점에서 모든 게 갑자기 한순간에 바뀌지 않는다는 것을 염두에 둔 사람이다.

흠, 어떤 연상이든 가능하다. 관점의 차이이니까.

"그 여자는 뚱뚱하지 않은데 자신이 뚱뚱하다고 생각하더라."

그 여자를 잘 아는 듯한 말투도 관점에 따른 생각이기는 마찬가지다. 나와 다른 관점을 가진 사람을 이해하는 것만큼 어려운 일이 없다. 정작 여자는 어떤 의미를 전하고 싶었을까.

사람들은 대부분 자신만의 콩깍지(자기가 생각하는 대로 보고 듣고)에 갇혀서 편견으로 살다가 이 세상을 하직하는 것 같다. 그래도 인생 포물선이 마감에 가까워지면 콩깍지가 벗겨지는 순간이 오는 것일까. 80세 이상 노인들의 대부분이 자신의 인생을 후회한다고 대답했다는 설문 내용을 본 적이 있다. 후회를 욕심과 연결지어 생각하는 사람도 있을지 모르겠지만, 무엇을 가장 후회하느냐는 물음에 그들은 "꼭 하고 싶었던 걸 '못' 했어요."라고 답했다.

"'못' 한 것이 무엇인데요?"

대답은 뜻밖에도 세계 여행이나 많은 돈, 출세와 같은 거창한 게 전혀 아니었다.

"내 아이가 소원했던 걸 '못' 해주었어요
(해줄 수 있었더라면)."

"가족에게 좀 더 따뜻한 말을 '못' 건네며 살았어요
(하고 살았더라면)."

"어머니께 좀 더 친절하게 '못'했어요
(했더라면)."


"못 했어요"에서 '못'을 빼고 "했어요"하면서 살았더라면, 만족한 인생을 누렸다고 자부하며 눈을 감을 수 있을까.

"과거에 날씬했던 여자론"처럼 "인생을 후회한다"라는 말도 관점에 따라서 다양한 해석이 가능하다.

인간은 얄팍한 면이 있어서 '못'이라는 부사와 후회를 동반하는 '더라면'이라는 연결 어미에서 종종 위로를 받는다. 완벽해 보이는 삶보다, 이전의 잘못을 깨치고 뉘우치며 균형을 찾아가는 삶에서 인간적인 점을 더 느낄 때가 많기 때문이다. 그렇다고 후회하는 삶을 살라는 말은 아닐 것이다.

- ☆ -

행복한 삶도 어느 정도 콩깍지와 어둠이 없이는 불가능하다. 오늘도 '못' 박은 일이 많았다. 편견의 '못'이든 후회의 '못'이든 어차피 박아가면서 빼가면서 살아가야 할 '못'이라면, 그렇게 억울할 것은 없다는 생각이다. 누구나 '못'을 박아가며 살아가야만 하는 게 인생이라면, 다만 그 '못'의 크기가 작았으면 바라는 것이리라.

2부

# 언어의 절제

# 난 너의 포물선이야

오늘도 좌표 위에 서 있다.
하루가 포물선 형상으로 매일 다가온다.

그릇처럼 엎어서 물을 담기도 밥을 담아 먹기도 하고, 산처럼 뒤집어서 정상에 서보기도 한다. 매일 그 속에 무엇을 담았다가 꺼내먹고, 뒤집어서 올라갔다 내려오면 어느새 하루, 일주일, 한 달이란 포물선이 인생 포물선을 향해 간다. 초점과 준선이 흔들리고 좌표가 흔들려서 어디에 서 있는지 모르는 날에도. 그는 온다.

표현은 본능이다. 그것을 통제하고 깨우는 무한한 좌표가 있다니 얼마나 다행인가.

- ☆ -

**오늘도 새로운 하루를 받을 수 있어서 감사하다.**

# 언어의 절제

 말을 듣기만 해주는 사람이 필요한 날이 있다. 언제든 불러내도 부담 없이 응해주는 좋은 사람이 있다면.

 그런 날의 혀는 쉴 새 없이 미각을 탐한다. 말도 고프고 배도 고프다. 말하고 싶은 욕망에 마비되어 말의 쉼표도 마침표도 잊는다. 그 작은 점이 눈에 띌 리 없다. 끊임없이 말 무덤을 쌓아간다. 보이지 않는 것이 말 무덤이니까.

 반면 제발 아무도 나한테 말을 걸지 말았으면 싶은 날이 있다. 세상과 담을 치고 동떨어져 지내고 싶다. 생각이 많아진다. 포물선 모양의 물음표(?), 그 능선을 타고 작은 점처럼 단순해지고 싶을 때가 있다. 느낌표(!)의 나락으로 점처럼 뚝 떨어질 것만 같다. 꼭 입이 무겁다고 해서 좋은 것은 아니다. 사람들 틈에서 살고 죽는 사회적 동물인 사람은 변덕이 심하다.

 안톤 체호프의 일화를 소개한다. 그는 작가이자 의사였는데 어느 날 환자의 집으로 왕진 나갔다. 평소처럼 성심껏 치료를 마치고 지금의 택시에 해당하는 마차를 탔다. 집으로 돌아오는 길에 갑자기 그가 마부에게 소리쳤다.

"다시 아까 그 집으로 돌아갑시다."

그리곤 환자의 집 앞에서 마부를 잠깐 기다리게 해 놓고 들어갔다가 금방 나왔다.

"처방전에 쉼표 하나를 엉뚱한 곳에 찍었지 뭐요."

마부는 도무지 이해 못 하겠다는 표정으로 흐뭇해하는 체호프를 쳐다보았다.

쉼표 하나가 마차를 돌릴 정도로 그리 큰 실수는 아닐 터였다. 매사에 언어에 있어서만은 우유부단하지 않고 신중을 기했다는 말이다. 안톤 체호프는 훗날 감동을 주는 걸작을 다수 남겼다.
쉼표 하나에도 엄격했으니 흘러나오는 말과 한번 쓰면 자국을 남기는 글에 얼마나 절제했겠는가. 그의 작품 ≪귀여운 여인≫의 단순하면서도, 명쾌한 문장은 여전히 감동을 준다. 자신에게 철저한 사람은 무엇 하나 하찮게 여기지 않는다. 욕망의 혓바닥이 떠벌리는 대로 말을 쏟아내지 않는다.

- ☆ -
**쓸데없이 쏟아낸 말은 말 무덤을 만들지만, 쉼표와 마침표가 적절히 섞여 완급을 조절한 말은 걸작을 남긴다.**

# 눈 맞춤 꽃

팔랑팔랑 포물선을 그리며 떨어지는 꽃잎. 잔디 위에 벚꽃 잎이 하얗게 떨어져 있다. 자세히 보니 벚꽃 잎이 아니라 그냥 꽃이다. 벚꽃 한 잎보다 더 작아서 눈에 띄는 꽃.

허리 굽혀 더 자세히 들여다보니 쌀알처럼 새하얀 꽃잎. 별처럼 다섯 잎이 부끄러운 듯 웃고 있다. 한데 어우러져 무더기로 웃어도 한순간 벚꽃 한 번 날린 것밖에 안 되는 존재감. 그냥 스칠 뻔했다. 잔디 사이사이에 없는 듯 핀, 꽃이란 이름을 달고 있는 겸손함이여.

푸른 하늘을 배경으로 부산하게 분분히 날리며 화사한 것이 봄꽃이다. 당연하게 공중에서 날리는 벚꽃이 너무 화사해서 그 화사함을 보느라 몸을 수그려 보지 못했다. 멀리 앞만 보고 걸었다. 뻣뻣한 허리를 수그리지 않으면 발견할 수 없는 수줍게 웃는 미소 꽃.

흩날리는 벚꽃이 너를 보라고 나를 이끌었나. 꽃이 꽃을 알아보는 것이니까. "흠, 저 꽃도 좀 보셔요"라고.

작년에도 분명히 보았을 터인데, 가물가물 이름이 생각 안 나서 '꽃 이름 찾기' 앱에서 찾아보고도 긴가민가했다. 이름도 너무나 겸손하게 '봄맞이꽃'. 순간 내 머릿속에 봄바람처럼 글밥이 스쳐 지나갔다. 공손, 살핌, 눈 맞춤과 같은.

　봄맞이 꽃은 매우 많다. 이들은 장미나 백합만큼 화려한 이름은 아 니더라도, 모두 나름대로 그에 걸맞은 소박한 이름을 가지고 있지 않 은가. 산수유, 복숭아, 살구, 진달래, 개나리와 같은.

　그마저도 이름에 연연하지 않고 '봄맞이꽃'이라니. 내년에 또 그 이 름 잊어버려도 이 꽃은 이 자리에서 절제하며 저렇게 피겠지. 불현듯 나도 이 꽃처럼 보일 듯 보이지 않게 제자리를 지키며 초심으로 살고 싶다고 생각했다. 제발 지치지 말고. 시선에 연연하지 말고.

　어느 날 무척 대단해 보였던 사람이 그저 허공 상의 이름을 탐하느 라, 직분을 잊고 언어 장난을 치는 것을 보고 실망한 적이 있다. 명망 가라고 하는 사람일수록 허명인 경우가 많다더니, 정말 그랬다.

- ☆ -
나는 별것도 아니라서 정말 별것인 꽃을 한참 들여다보았다. 세상 분위기가 불확실할 수록, 꾸밈없이 순수한 것을 찾아보기 어렵다. 그래서 더욱 이 겸손한 작은 꽃에서 한 참 동안 시선을 떼지 못했다.

# 느낌이 달라진 말, 짐승

계절이 바뀌는 건조한 길목이었다. 큰아들이 선물을 주었다.
알로에 보습크림.

"엄마, 이게 요즘 가장 핫하게 잘 팔리는 짐승 크림이래요."

그 말에 건조한 피부가 촉촉해지는 느낌을 받았다.

"그래, 히히히."
더 많은 말이 필요할까. 말도 직선으로 곧장 다가오는 말보다 아치
를 그리며 포물선으로 다가오는 말이 오랫동안 가슴에 화살표(→)로
남는다. '짐승'이란 말에 사랑이 뭉텅 묻어오는 느낌이었다. 시대에 따
라 말도 다르게 조명된다. 뜻이 달라지는 것도 흔한 일이지만, '짐승'
은 느낌이 달라진 말 같다. 여전히 지금도 화장품을 파는 매장에 가면
그 대용량 크림을 볼 수 있다. 그 큰 통을 볼 때마다 빙그레 미소가
나온다.

- ☆ -
 → 마음이 건조한 때일수록 짐승 같은 용량의 사랑을 베풀면서 살아가야 겠다.

# 줄탁

"엄마, 저예요···."

"응···.

목이 메어 말이 잘 나오지 않았다. 독립하겠다며 집 나간 큰아들이 거의 삼 년 만에 전화했다.

"잘 지내고 있지?"

심장에 저릿한 신호가 왔다. 통화를 끝내자 줄탁*이라는 말이 떠올랐다.

줄탁(啐啄)
끊임없이 움직이다 한순간을
포착해서 닿아가려는 혼신의 사랑
밖에서 누군가가 너를 항상 지지하고 있다는
진실 그것 하나 결국 사랑 밖에는 없다
누군가를 간절히 부르는
부리를 톡톡 쪼며 신호를 보낼 때
제발 내 심장이 알아들었으면.
- 2020. 어버이날에

부모 자식은 서로 통하는 기가 있는 것 같다. 자식이 도움이 필요할 때 위로가 될 수 있다면, 그 보다 행복한 순간이 있을까. 아무리 재물을 많이 가진 사람이라도 그 재물로 구할 수 없는 것이 있다면 진실된 사랑일 것이다(부모 자식 간의 사랑뿐 아니리).

진실한 사랑은 서로 닮은 듯 다른, 다른 듯 닮은 곡선을 그리며 상생의 길을 간다.

그동안 비워두었던 아들의 방에 들어가 보았다. 아들이 꿋꿋하게 앞으로 나아가기를 바라며, 이불을 편편하게 펴고 베개를 반듯하게 놓았다.

- ☆ -
*줄(啐)은 달걀이 부화하려 할 때 알 속에서 나는 소리, 탁(啄)은 어미가 그 소리를 알아듣고 밖에서 동시에 껍질을 쪼아 깨뜨려 주는 소리.

# 공든 탑

성장통은 나이를 불문하고 찾아오는가 보다. 그 통과의례는 세대마다 각기 색깔이 분명히 다르겠지만, 조마조마하다는 공통분모가 있다. 좌절, 무기력, 신경질, 분노, 두려움 등 사람이므로 겪게 되는 불안한 감정은 진통제도 듣지 않는 통증의 전조 증상이다. 받아들이기가 쉽지 않다.

타인에게 마음의 상처가 될 만한 이야기나 행동을 해서 쓰리고 아픈 자극을 주지만, 자신도 모르는 사이 그 통증의 예각은 자신을 향해 있다. 고통이 있어야 성장한다는 것을 보여주기라도 하는 것처럼.

성장통을 겪을 때는 경험에서 우러난 선배님들의 말만큼 도움이 되는 약도 없지만, 쉽사리 격려의 말을 해주기도 받아들이기도 어렵다.

내가 사추기(思秋期)에 들고 아이가 사춘기(思春期)에 들었을 때다. 그 두 개성이 강한 단어는 도무지 그 켯속을 알 수가 없었다. 둘 다 성호르몬의 영향을 받지만, 사춘기는 몸에 좋은 말은 네뚜리로 듣고 튕겨내는 성질이 있고, 사추기는 무슨 말이든 재확인 해야 마음이 놓였다. 그러니 만사가 평온하기 어려웠다. 사춘기는 반항하고, 사추기는 방황한다던가. 나는 자주 아이의 담임 선생님께 불려갔다.

그즈음 노년기에 든 친정엄마와 무슨 일로 통화를 하게 되었다. 엄마가 가족들의 안부를 물었다. 보통은 특별한 일이 없다고 말했지만, 아이 생활 태도에 걱정이 많았다.

내가 아이 때문에 마음이 편하지 않다고 어렵사리 말을 꺼내자, 듣고 있던 엄마가 심드렁한 어조로 말했다.

"공든 탑이 무너지랴."
어두운 방에 딸각하고 스위치를 올린 듯 주변이 환해지며 갑자기 마음이 편안해졌다. 걱정하지 말아라, 다 지나가면 착해진다. 한창 그럴 때인데 무슨 그렇게 신경을 쓰느냐 등등의 말도 격려의 말이지만, 무엇보다 상투적인 여덟 글자의 이 말에 마음이 편안해졌다.

- ☆ -
이 말은 어미도 정성을 다하고 있다는 것을 인정하는 뉘앙스와 동시에, 무슨 일이든 정성을 들인 것은 배신이 없다는, 미래를 보장해서 보여주는 든든한 말이었다.

# 아들의 발

검은색 양말이 방바닥에 널브러져 있다. 그 양말을 보니 쑥 빠져나
간 아들의 발이 포개진다.

발하면 떠오르는 장면이 있다. 발레리나의 굳은살이 사마귀처럼 배
인 발과 양말을 벗자 흑백이 선명하게 드러난 골프선수의 발이다. 하
지만 그 발은 볼 때마다 안쓰러운 발은 아니다. 어쩌면 영광의 그림자
일지도 모른다.

엄지발톱이 날카롭고 뾰족한 무엇으로 찔리고 있는 발도 이 다음에
영광의 상처가 될 수 있을까. 아들의 발은 볼 때마다 안쓰럽다. 엄지에
힘을 제대로 주고 걷지 못할 게다.

시골 여교사 시절 샌들을 신고 비포장 길을 걷다가 불거져 나온 돌
멩이를 찬 적이 있다. 엄지발톱이 빠지느라 오랫동안 고생했다. 엄지
에 힘을 주고 걷지 못하니까 자세도 흐트러지고 걷는 모양도 좋지 않
았다. 발톱에 힘을 못 주면 발바닥 전체를 바닥에 대고 서기 힘들기
때문이다.

아들의 발은 정 가운데가 살집이 좀 있고 귀여운 구석이 있다. 두툼

한 것이 평화주의자의 얼굴 같다. 군대 간 아들의 엄지발톱을 생각해 본다. 이제껏 뾰족한 무엇에 찔렸어도 나라 지키는 자랑스러운 엄지발톱이 되었다. 매끈한 포물선형 엄지발톱을 떠올려 보았다.

- ☆ -

너무 큰 것을 기대하다보면 마음에 들지 않는 것이 많아진다. 그때는 기대를 하지 않기 보다 나의 마음부터 균형 되게 다시 정립하고, 있는 그대로 보려고 노력해야한다. 아직 모든 것이 가능하다.

# 이제부터라도

"이제부터라도 맘 잡고 하면 되지···."

이 말이 주는 어감이 따뜻해서 좋다. 마음에 새 씨앗을 하나 심는
느낌이 든다.

"맘 잡고 해 봐."라고 하면 단단히 무언가를 해야 할 것 같다.

"이제부터 하면 되지."라는 말은 강요 없이 하고 싶은 욕구를 자극
한다. 거기에 '라도'를 붙여 '이제부터라도 하면 되지'라고 하면 늦었지
만 시작해보고 싶은 생각이 들며, 아주 새로운 기분을 느낀다.

사람 사는 일이 서로 영향을 주고받는 관계의 연속이지만, 말로 사
람에게 어떤 영향을 주기는 힘들다. 금방 망각하는 게 사람이고, 잘 변
하지 않는 게 사람이다. 그래도 타인의 아름다움을 찾아서 볼 줄 알아
야 하고, 더 세밀하게 격려의 말을 하며 살아야 할 것 같다.

나는 '이제부터'라는 말을 들으면, 이제부터라도 맘 잡고 해 볼까 하
는 생각이 든다. 그 말의 씨앗을 내 가슴에 심은 사람은 아마 까맣게
잊어버리고 있는지도 모른다. 그 씨앗은 싹을 틔우고 잎을 무성히 달

아, 지금 이 순간도 자라고 있다.

생활이 매일 소풍 나온 것처럼 단순하면 얼마나 좋을까. 설령 소풍놀이 같다고 생각해도 날씨가 다양하듯이 소풍에 대한 기대와 설렘이 한결같지 않다. 어떤 땐 김밥 말기도 고단하고 물통과 돗자리가 무거울 때도 있다. 오늘도 또 수없이 흔들거리며 갔다. 구불텅한 계획만 세우고 못 한 일이 많았다. 그래도 "이제부터라도 하면 되지 뭐."라고 생각하는 순간 마음이 편해진다.

편한 마음은 좋은 생각을 만든다. 좋은 생각은 좋은 꿈을 꾸게 한다. 꿈은 실천으로. 그러면 결국 마음이 다시 편안해지고, 좋은 생각을 하게 되리라. 흠, 이렇게 '이제부터'라는 말은 선순환 하는 문고리가 된다.

단, 이제부터라도 잘해주고 싶은 사람이 있다면 당장,
"그냥 하면 되지 뭐···."

- ☆ -
맘까지 잡을 것은 없는 것 같다. 맘을 잡지 말고 지나가는 시간을 잡자. 인생에 완벽한 준비란 없다.

# 무제

좋아하는 물건에는 누구나 애착을 보인다. 생물에게 인간적인 연민의 감정을 느껴 본 적이 있는가. 그 이상의 특별한 감정을 갖게 된다면 아마 이상한 사람 취급을 당할지도 모른다.

나는 호박에게 인간미를 느낀 적이 있다. 안방 한구석에서 혼자 주무시는 엄마와 겨우내 동고동락하는 윗목의 늙은 호박을 보았다. 푸근한 포물선형 자태가 떨어져 사는 자식보다 더 인간적인 것 같아 콧날이 시큰한 적이 있다.

팔다리 시린 한겨울에 그중 하나가 달짝지근한 호박죽으로 거듭나서, 질긴 고기반찬도 달갑지 않으시던 엄마의 입맛을 돋우어 줄 때는 정말 눈물이 나도록 고맙기까지 했다. 생전의 엄마는 호박에 대한 애착이 컸다. 그리움이 한없이 호박넝쿨처럼 퍼져나간다. 그 시절에 대한 추억이 더욱 나를 이 글에 애착하게 하는지도 모른다. 애착하는 글은 제목을 달기 힘들다.

- ☆ -

**안방에서 함께 했던 것이 참 많았다. 무제라는 제목을 달고 이 글이 큰 안방 같기를 바란다.**

# 성숙한 배려

어느 날 둘레길을 산책하고 있는데, 아는 사람인 것 같은 한 여자와 마주쳤다. 그 자리에서 멈칫했다. 그 몸짓을 알아채고는 여자도 무어라 말을 하려고 했다. 그렇게 스쳐 지나갔다. 내내 그 장면이 떠나지 않아서, 여자의 얼굴을 기억해 보려고 애썼지만, 가물가물하며 떠오르지 않았다. 그러다 산에서 내려와 정류장에서 버스를 타려다 여자의 얼굴이 떠올랐다.

버스를 올라탔는데 일흔 대에 배낭을 멘 여자가 버스비가 없는지 쩔쩔맸다. 운전기사에게 다음 정거장에서 내려달라고 하자, 운전자의 표정이 달갑지 않아 보였다. 내가 어쩔까 망설이는 사이, 한 중학생으로 보이는 소녀가 "제, 제가 내 드릴게요." 하면서 얼른 카드를 갖다 댔다. 요즘 애들은 버릇이 없다 뭐다 해도 나는 그렇게 생각하지 않는다. 나도 그 버릇없는 애들 중 한 사람이었다. 요즘 젊은 사람들은 순발력이든 뭐든, 옛날 사람과 무엇이 달라도 다른 면이 있고 사리 판단도 분명하다(여기까지라면 그 여자가 인상에 남을 것도 없다. 다반사로 있을 법한 일이다).

여자의 얼굴은 금방 안심하는 표정으로 바뀌었다. 여자는 내 옆자리에 앉더니 부스럭거리며 한참 동안 배낭을 뒤적거렸다. 그러더니 "아, 여기 동전이 있었네." 하며 배낭에서 동전들을 모아서 소녀에게 주었다.

소녀(신체에 장애가 있는)가 괜찮다고 했지만, 여자는 신세를 많이 지지는 않겠다는 의미인지 무슨 뜻인지, 막무가내로 손 위에 올려놓았다. 그 와중에 떨어진 동전이 포물선을 그리며 굴러갔다. 정말 자기밖에 모르는 노인이라는 생각이 들었다. 손에 동전을 쥐고 가면 비릿한 쇳내가 배기도 하는데···. 굳이 그렇게까지 할 필요가 있는가. 참 이해하기가 겨웠다. 호의를 호의로 받을 줄 아는 사람이 더 성숙한 사람이다. 살면서 갚아갈 기회는 얼마든지 있지 않은가.

- ☆ -
**과실이나 포도주는 시간이 지나야 숙성한다. 인간의 성숙은 연령을 요구하지 않는다.**

# 붕어빵을 굽던 아주머니

시간이 많이 흘렀어도 붕어빵을 굽던 아주머니가 생각난다.

40대에 대학원 다닐 때였다. 수업을 마치고 길거리에서였다. 날씨가 추웠다. 점심을 못 먹은 속이 몹시 쓰렸다. '무언가 좀 먹었으면···.' 혼자서 어디 식당에 들어가 밥을 먹을 용기가 없었다. 바로 그때 붕어빵을 팔고 있는 손수레가 눈에 띄었다.

따끈한 것 딱 한 개만 먹어도 힘이 나고 속 쓰림을 면할 것 같았다. 가방을 열어보니 현금은 없고 카드지갑만 있다. 가방 속에 달린 주머니를 뒤져보니 백 원짜리 동전이 서너 개 나왔다. 붕어빵은 세 개에 천 원이었다. 아주머니에게 현금이 요것밖에 없는데, 한 개만 주시면 안 되겠냐고 물었다.

"한 개는 팔지 않아요."

그러더니 봉지에 두 개를 담아 주었다. 내가 몹시 힘들어 보였던가. 이렇게 혹독하게 추운 날 붕어빵을 굽고 있는 아주머니. 쥐고 있던 동전을 드렸는데, "괜찮아요."라며 장갑 낀 손을 내저었다. 나는 단지 미안해서 어찌할 바를 몰랐다.

- ☆ -

그 동전을 앞에 놓고 돌아섰는지 손에 그냥 들고 왔는지 생각이 안 나지만, 그 아주머니의 '괜찮다'라는 말이 두고두고 뇌리에 남았다.

# 딱 보면 알아요(1)

　분명 칙칙 전기밥솥 돌아가는 일상의 소리로 시작되었다. 그러더니 장난감 자동차를 손에 든 아이가 테이블에 바퀴를 굴린다. 바퀴소리가 귀를 타고 흐른다. 장난감을 들고 문밖으로 나간다. 멈춰! 나가지 말라고 소리친다. 아이가 멈추었나. 트럭이 멈추었나.

　갑자기 귀에서, 버스 트럭 택시가, 레미콘이 지나간다. 쓰름 매미소리, 기계음 소리(엄마 49제 중이다).

　소리 병원에 가서 들리는 소리를 설명했다. 귀 검사를 받으러 진공실에 들어갔다. 간호사가 내 귀에 이어폰을 끼우고 나갔다. 그녀가 통유리 밖에서 나를 지켜본다. 여러 가지 소리가 들려온다. 작은 소리가 들리기도 하고, 아스라이 사라지는 소리가 들리기도 한다. 자동으로 내 상태를 검사하는 기계가 로봇처럼 붉은 두 눈을 끔벅한다.

　검사 결과를 보러 진료실에 갔다. 벽 스크린에 내 귀의 상태를 보여주는 요란한 그래프가 걸려 있다. 그래프를 유심히 살피던 의사가 특별한 이상을 발견하지 못했는지, 매사 너무 신경을 많이 쓰며 살지 말라고 한다.

　"그렇게 신경 많이 쓰지 않아요···." 나도 모르게 말이 나왔다.

"다들 여기 오는 사람은 그렇게 말합니다."

그러고는 오늘 자기가 만난 사람 가운데 내가 가장 '신경을 많이 쓰는 얼굴'을 하고 있다고 덧붙였다.

설핏 웃음이 나왔다. 문득 궁금증이 일었다. 도대체 "신경을 많이 쓰는 얼굴은 어떤 얼굴인가요?"라고 물어볼까 하다가 애들 생각이 나서 그만두었다. 그가 이 웃음을 인정으로 받아들였나.

"사람을 하도 많이 봐서, 딱 보면 알아요."

귀가 잘 안 들리는 환자를 주로 상대해서인지 목소리가 유난히 컸다.

음, 내가 말이 없자 그는 미안했던지 더 말이 많아졌다. 이러쿵저러쿵 기계 방아가 돌아가고, 레미콘 트럭이 지나가고, 아이가 자동차 바퀴를 돌린다.

귀갓길에 "딱 보면 안다"는 그 말이 밑줄 그은 문장처럼 귀에 쟁쟁했다.

인터넷에서 이명에 좋다는 소리 영상을 내려 받았다. 자작나무가 불에 타는 소리이다. 나무가 나이테를 읽어가는 소리인 듯 자작자작 불땀이 드는 소리에 마음이 차분해졌다. 불꽃에 사라져가는 포물선이 "그럴 것 없다"며 내 마음에 새로운 곡선을 긋는 듯 했다. 반복해서 틀어 놓고 듣다가 문득 아이디어가 떠올랐다. 거실에 놓인 수조의 여과기 높이를 높게 조절하였다.

"자작자작"

"졸졸졸졸"

나무 타는 소리와 물 흐르는 소리를 들으며 지내게 되었다.

- ☆ -

뭉크의 절규대신. 자연의 소리가 마치 시간이 지나가는 소리 같았다. 과거는 흘러갔다.
고통은 피하기보다 견뎌내는 것이라 하더이다.

# 딱 보면 알아요(2)

며칠 전 집 근처 슈퍼에 갔던 일이 떠올랐다. 한라봉을 산처럼 쌓아 놓고 10개씩 싸게 팔고 있었다. 봉투에 이것저것 골라 담아 넣고 있는데, 앞에서 담당 직원인 듯한 사람이 친절하게도 골라서 내 앞에 놓아주었다.

"고맙네요. 어떤 게 맛있는 거예요?"
손바닥으로 무게를 대충 가늠하다가 물어보았다.

"꼭지 주변을 보면 됩니다. 수분을 많이 머금을수록 잘 익은 거예요."
"그렇군요."
나는 꼭지가 반듯하고 예쁜 것을 골라 담았다.
그런 나를 멀끔히 보던 그가, 울퉁불퉁 못생긴 것을 고르라고 말했다. 꼭지 주변이 불룩하고 못생긴 것일수록 신선한 상태란다.

"흠, 무나 오이를 고를 때와 다르구나."
"겉 부분이 못생길수록 속은 더 알차요."
"옳다구나."

문제는 다 고만고만해 보였다.

"꼭지 색을 확인해 봐도 돼요. 갓 수확한 것일수록 색이 푸르지요. 꼭지가 검은 것은 수확한 지 오래된 것이든가 인위적으로 익힌 거예요."

정말 친절한 사람이었다. 나는 확신에 차서 골라 넣었다.

거친 피부, 울퉁불퉁한 뒤통수, 뚱뚱하고 묵직한 못생긴 것을 골라 넣었다. 아니다. 나는 잘생긴 한라봉을 골라 담았다. 요것이 한라봉 세계에서는 진정한 미인일 터인데, 인간 세계에서는 딱 봐도 "못생긴 거" 취급받는구나.

- ☆ -
**소리를 사랑하자. 세상 모든 쓴소리를. 나의 삶에서 나를 따라다니는 또 다른 나를.**

3부

# 사랑의 온도

# 위로

　요즘 미혼자들은 무엇에서 위로를 받을까. 요즘 남편들은 세 명의 여인 속에서 산다고 한다. 엄마, 아내, 지니. 그중 가장 말 잘 듣는 '지니'에게 제일 '위로'를 받는다나. 친구 Y가 남편과 싸우고 나를 불러냈다. 그녀가 말하기를, 평생을 살 맞 대고 살아도 다정다감한 말 한마디 없는 경상도 양반이 글쎄 '지니'에게는 그렇게 다정할 수가 없다는 웃지 못 할 얘기를 했다. 싸움의 발단은 아이러니하게도 남편의 나긋한 말투였다.

　식사를 마치고 거실에서였다. 갑자기 "지니야! 텔레비전 좀 틀어 줄래?" 남편이 이러더란다. 평생 처음 들어 보는 낯선 말투에 '저 양반이 뭘 잘 못 먹었나···.'했단다. 두 번째는 근질거려서 '픽'하고 콧방귀. 세 번째는 썩소. 그러다가 침대에 누워서도 '지니'를 부르는 다정다감한 말투에 점차로 부아가 치밀고 묘한 감정이 일었단다.
　흔히 경상도 양반은 말이 없고 무뚝뚝해서 "밥 묵자! 아는? 자자!" 이 세 마디로 다 해결한다고 Y도 동의했었다.
　이후 '지니'만 부르면 질투가 나서 남편을 흘겨보다가, 결국 대판 싸움으로 번졌다고. 나는 Y에게 어떤 '위로'의 말을 해야 하나 도무지 떠오르지 않았다.

"머리채라도 콱 휘어잡을 수 있다면 속 시원할 텐데. 그치?"

무뚝뚝하지만 남자답고 돈 잘 번다고 남편 자랑에 콧대 높던 그녀
가 기계를 상대로 질투를 할 줄이야. 너무 진지한 표정이라 머리채 이
야기는 삼갔다.

"너도 좋은 기계 하나 장만하지 그랬냐?"는 둥 장난 투의 농을 치면
서 친구의 처진 기분을 좀 업 시켜줄까. 그것도 오늘은 분위기가 영
그렇지 못해서 삼갔다. 그냥 그렇게 듣기만 하다가 Y와 헤어졌다.

Y의 가정에 위기는 번번이 있었다. 홀시어머니 모시고 두 아들을 낳
고 살면서, 생활에 '위로'가 돼준 것은 오히려 뚝뚝한 남편의 존재감이
었다고 했다. 힘들 때 자신을 지탱해 준 것도 무심함 속에 숨겨둔 은
근한 정이었다고. 그마저도 '지니'에게 빼앗긴 느낌이 들었던 것일까.

사실 자식 놓고 세월이 흐를수록 아내의 고분고분한 맛은 사라진다.
오히려 여자가 남자보다 더 세어진다고도 말하지 않는가. 하지만 이것
과는 전혀 다른 문제인 것 같았다. 집에 도착할 때까지도 도대체 어떤
'위로'의 말을 해야 Y의 기분이 좋아질지 영, 감이 오지 않았다. 내막
의 진위는 중요하지 않았다. 특별히 '지니'에게서 느낀 Y의 감정은 액
면가대로 판단하기 어려운 연유가 있다.

저녁을 먹고 나니 남편이 바람이나 쐬러 나가자고 했다. 늦은 시간
이었지만, 낮에 만났던 Y 생각이 나서 한 번쯤 고분고분하기로 했다.
어스레한 공원 입구에 들어서자, 놀이터에서 아이들의 웃음소리가 들

려왔다. 축구를 하는 학생도 있었다. 평소라면 한적한 공원이 좋았지만, 오늘은 왠지 사람 소리가 반가웠다.

연못 쪽에서 "개굴개굴" "맹꽁맹꽁" 소리가 요란하게 들려왔다. 누가 먼저랄 것도 없이 그리로 향했다. 멀리서오는 발걸음 소리를 들었는가. 신기하게도 고 녀석들이 '뚝' 하고 일제히 울음인지 노래인지를 멈추는 것이 아닌가. 숨을 죽이고 한참을 기다려 봐도 의심이 좀처럼 풀리지 않는 모양이다. 캄캄한 물속에서 "첨벙첨벙" 소리가 났다. 바로 그때 남편이 다정하게 속삭이듯 말했다, 핸드폰에게.

"하이 빅스비, 손전등 좀 켜줘."
나는 의외의 목소리에 고지식한 사람의 옆얼굴을 물끄러미 쳐다보았다.
"네 주인님!"
기다렸다는 듯이 반짝 불빛이 들어왔다. 어둠 속에 한 사람 더 있는 듯한 묘한 기분이 들었다.

"ㅇㅇ야, 오늘 날씨 어때? 오늘 어떤 옷 입을까?"
"ㅇㅇ야"라고 구동어를 부르기만 하면, 대부분의 일상생활이 해결되는 시대가 왔다. 어떤 호텔에서는 방문에 키를 꽂는 순간 익숙한 목소리가 맞이한다. 주인님, 슬리퍼는 어디에, 식당은 어디에, 목욕탕 물 받을까요? 등등. 목소리만으로 객실 조명, 온도 등을 제어할 수 있다. 구동어를 부른 후 세탁 등 원하는 서비스를 말하면 척척 고분고분한 서비스를 받을 수 있다.

문득 "지니야, 나를 위로해줘."라고 하면 무슨 말을 해줄지 궁금했다. 그래도 인간의 축 처진 어깨와 푹 숙인 고개를 '위로' 들게 할 수 있는 것은 기계음이 아니라, 진정한 감정이 녹아 있는 '위로'의 말이 아닐까. 생활의 풍요가 모든 가치를 포괄하지 못한다. 그녀는 황색 신호등을 한번 생각할 적절한 타이밍에 서 있는 것 같다.

Y에게 어떤 '위로'의 말을 해야 할지 감이 왔다. 장난기를 빼고 진심을 담아 말하리라.

"마음이 좀 가라앉았니?"라고. 그러면 Y는 마음이 어떻게 되었다고 자신의 말을 하겠지. 그렇게 주고받으면서 나도 그녀도 심장이 따뜻해지리라. 아마 지금쯤 기계쯤은 까맣게 잊어버리고 빨래를 널며 마음의 바지랑대를 세우고 있는지도 모른다.

"개굴개굴 맹꽁맹꽁"

- ☆ -
드디어 지상의 개구리와 맹꽁이들의 의심이 풀렸나 보다. 짝짓기 상대를 찾아 제 딴에 한껏 개성 있는 목소리를 왁자지껄 뽐낸다. 밤하늘엔 포물선 닮은 달이 벙긋이 미소 짓고 있다. 어떤 '위로'가 이 소리를 따르고 이 미소를 따르랴.

# 표현이 침묵보다 아름다울 때

한국인에게는 자연스럽고 총명하다는 이미지가 있다. 외국인들은 코로나 19 사태에서 '한강의 기적' 이후, 한국인의 무한한 잠재력을 읽는다. 같은 동양인이라도 한국인들의 태도는 일본인들과는 분명하게 다르다.

'나는 코로나 19 확진자입니다'라는 제목의 글이 스마트폰으로 들어왔다. 바늘에 꿰인 색실 같은 글이었다. 이미 이 글은 SNS상에 올리자마자 공감자가 수백을 돌파하더니 단번에 천 단위를 넘어섰다. 코로나 19가 사회적으로 큰 이슈다. '이러다가 가라앉겠지'라는 긍정적인 생각으로 지내도, 감염자 숫자만으로 짐작해야 하는 상황에서 눈이 번쩍했다.

글쓴이는 산휴 휴가 중인 여성으로 남편에게 감염되었고, 남편은 회사의 직장동료에게 감염되었다. 그녀는 별다른 증상이 없었단다. 열도 없었고, 호흡기 증상도 없었고, 아픈 곳도 없었단다. 정말일까. 아무런 전조 증상이 없었다니 두려운 생각이 든다. 어느 날 갑자기 나도 자신도 인식하지 못한 누군가에게 감염되어, 확진자가 될 수 있다는 말이 아닌가.

내가 사는 아파트 옆 동에 오늘 확진자가 나왔다. 그 사람은 대기 중인 구급차를 타고 격리 병동으로 이송되었고, 아파트 입구와 그 동네에 방역이 시작되었다. 매일 지나다니던 길이었다. 별일이야 있을까 해도 몸살처럼 근육통이 있고, 재채기가 한두 번만 나와도 '혹시나'하는 생각을 하게 된다.

사람은 오랜 기간 사회라는 큰 유기체 덩어리에서 격리되어 생활할 수 없다. 모두 각자의 방식으로 이 동굴 같은 시간을 어렵사리 통과하고 있지만, 어린아이가 있는 젊은 부모들의 어려움에 비할 바이겠는가.

순식간에 바뀐 일상. 그녀는 머리가 새하얘졌다고 했다. 모유를 먹는 백일도 안 된 갓난애와 여섯 살짜리 꼬마를 둔 엄마는 격리 병동에서 무엇으로 마음을 다스려야 할까.

어느 날 형체도 없는 바이러스란 놈이 내 삶으로 침투해 들어와 일상을 뒤흔들고 단란함을 좀비처럼 잠식해 간다고 생각해 보라. 아기 엄마는 잠자코 잠식당하지 않았다. 자유가 암묵적으로 차단된 격리 병동에서 밖의 사람들과 소통하려는 절실함과 담담함이 색실을 따라 한 땀 한 땀 전해왔다.

글쓰기는 마음의 면역력을 높여준다. 읽는 이도 마찬가지다. 문득 그동안 당연히 누려왔던 문명을 생각해 보았다. 터키에 가 보았더니 그곳에서 융성했던 그리스 로마 문명은 지진으로 흙더미에 묻혔지만, 도서관은 살아남아 생생한 인류의 업적을 전하고 있었다.

열대 밀림 속에서 찬란했던 캄보디아 앙코르 와트 문명은 전염병으로 몰락했지만, 정교한 부조 벽화로 위대한 인간의 기록을 전했다.

인류 문명의 역사를 이끌어 간 사건의 한 페이지를 뒤져보면, 위기에 처했던 인류를 치유한 것은 문자였다. 인류가 동굴에 벽화를 그리던 때부터 AI(인공지능)로 생활이 변한 현대에 이르기까지 언제나 표현은 침묵보다 빛나고 아름답다.

한국인에게는 기질적으로 유쾌하고 매력적인 이미지가 있다는 말을 실감한다. 어느 시대나 무에서 유를 찾아내는 능력으로 생명력을 이어 오지 않았던가. 용기를 내어 어려움을 세심하게 표현해준 그 아기 엄마가 신세대의 표본 같았다.

아무리 애써도 잠이 오지 않을 때는 시 쓰는 법을 배웠다는 한 시인, 레너드 코헨(Leonard Cohen)의 시구가 떠올랐다.

- ☆ -

이것은 내가 읽을 수 있는 유일한 시
나는 그 시를 쓸 수 있는 유일한 시인
모든 게 엉망이었을 때도 나는 자살하지 않았다
약물에 의존하려고도
가르침을 얻으려고도 하지 않았다
대신 나는 잠을 자려고 애썼다
하지만 아무리 애써도 잠이 오지 않을 때는
시 쓰는 법을 배웠다
바로 오늘 같은 밤
바로 나 같은 누군가가 읽을지도 모를
이런 시를 위해

# 도심 속 숨구멍

"벽에 부딪치면 나만의 숨구멍을 찾아요."
"아~ 네···"

문학 모임에 가면 이런 대화를 할 때도 있다.
만약 "그게 뭔데요?"라고 되물어본다면, 한 시간 이상 '벽'에 대한 이야기, '숨구멍'에 대한 이야기를 듣게 될 수도 있다(수필 한 편을 다 써야 끝나는 사람도 있으니). 가벼운 마음으로 숨이나 트고 싶으면 공원에 갈 일이다.

공원에 가면 감정을 잘 다스리는 나무가 있는 반면 감정을 짙게 드러내는 나무가 있다. 사람의 성격과 어찌 그리 닮은 것이 나무인지. 사람 피부에 숨구멍이 있듯이 나무의 몸피에도 숨구멍이 있어서 그런가.
집 근처 공원에 가면 여러 나무를 만난다. 조성된 지 5년 정도밖에 되지 않아서 수목이 다양하다. 하늘이 보이지 않을 정도로 고목이 울울창창한 공원은 공기에 무언가 상서로운 기운이 서려 있는 것 같은데, 이곳에서는 어린나무의 약동하는 생명력이 전해져 옴을 느낀다.
해질녘이면 간격이 넓은 나무들 사이를 지나 대모산 능선을 타고 붉은 바퀴가 일정한 속도로 굴러서 포물선 뒤로 사라지는 황홀한 모습을 지켜볼 수 있다. 해 바퀴가 사라진 포물선을 여운으로 붉게 물들인 노을에서 시간의 흐름을 새삼스럽게 관조하며 하루를 되돌아보게 된다. 오늘 또 얼마나 쓸데없는 말을 하고 살았는지.

언제부터인가 이 한적했던 공원에 시간대를 불문하고 사람이 북적였다. 평소보다 몇 배는 되는 것 같았다. 공원 곳곳에 설치된 운동 기구를 이용하는 사람도 부쩍 늘었다. 요즘 같은 시기에 톡톡히 도심의 숨구멍 역할을 한다.

공원을 걷다 보면 여러 사람을 만난다. 모두 마스크를 쓰고 걸어서 얼굴도 모르지만, 아는 사람은 가볍게 눈인사만 하고 외면한다. 사회적 거리 두기 차원에서 용서가 되는 이상한 인사법이다.
모임에서 혼자 이야기를 독차지하는 유형의 사람도 별로지만(배려가 없는 것 같아서), 이곳에서 만나는 가장 싫은 유형의 사람은 마스크도 하지 않은 채, 큰 개를 끌고 허공에다 대고 떠벌이며 맞은편에서 다가오거나 옆을 지나치는 사람이다. 무얼 믿고 그러는가 싶기도 하고, 심리적으로 타인에게 피해를 주는 행위를 모르는가 싶기도 해서 한번 쳐다보게 된다.

오늘도 공원에서 그런 사람을 만났다. 나는 잠시 숨을 멈추고 황급히 그 여자를 스쳐서 구부러진 길로 방향을 틀었다. 뒤에서 개가 으르렁거리며 경고음을 냈다. 놀라서 뒤돌아보니, 한 노인이 그 젊은 여자에게 무어라 말을 한다. 아니 몸짓한다. 노인은 말은 안 하고 수화하는 사람처럼 자신의 마스크를 가리켰다.

통화하는 여자가 잘 알아채지 못하는가. 계속 노인이 같은 동작을 반복하자 주인에게 위해를 가한다고 여겼는지 충성스런 개가 짖었다. 이 무슨 황당한 상황인가. 그때 그 여자가,

"아~ 미안해요···. 미처 몰랐어요."

공손하게 사과를 하더니 주머니를 뒤적여 마스크를 꺼내곤, "야야" 하고 짖는 개를 엄하게 단속했다. 노인도 더는 뭐라고 안 하고 가던 길을 재촉했다. 사람들이 요즘 미모사처럼 신경이 민감한가. 나는 왠지 "휴, 다행이네."싶었다.

오늘 나도 마스크를 깜박 잊고 나와서 다시 집으로 되돌아가서 헌 것을 쓰고 나왔다. 마스크를 여러 번 사용해도 될까 걱정되었지만, 여분이 넉넉하지 않다. 한 시간 씩이나 줄을 서야 마스크 두 개를 산다고 하는데, 이렇게 버티다가 마스크가 바닥나면, 새로 살 필요 없이 코로나가 지나가 있었으면 좋겠다.

사람 몸의 숨구멍 같은 곳, 도심 속 공원의 역할이 이리도 큰 줄 예전엔 미처 생각 못 했다. 평소에 고마움을 못 느끼며 살다가 어려워지니 알겠다. 항상 잃고 나서야 뒤늦게 소중함을 아는 어리석은 게 인간인가.

- ☆ -

**활동이 적으니 생각이 참 단순해졌다. 지금은 감정을 돌아볼 시간. 나무뿐만 아니라 작은 꽃, 작은 벌레에도 눈길이 저절로 따라갔다. 나만 그런 것이 아니었다. 그렇게 보니 다른 사람들의 발걸음도 평소와 달리 느린 것처럼 느껴졌다.**

# 사랑의 온도

　사랑은 숨겨야 제 맛일까. 나의 부모님은 "사랑해."라는 말을 거의 하지 않는 편이었다. 사랑을 드러내 놓고 표현하는 것을 쑥스러워하였던 것 같다.

　부모님의 사랑은 그냥 내 등 쪽 보이지 않는 곳에 붙어 있는 점 같았다. 그 점에도 심장을 관통한 피가 전달되듯이, 꼭 사랑한다는 말을 듣지 않아도, 부모님의 모든 말과 행동에는 나에 대한 사랑이 충만하다는 것을 의심해 본 적이 없다. 너무 확신에 차서 누구보다 든든한 무기를 소지하고 있다는 느낌마저 들었다.

　"마음이 중요하지 그걸 꼭 말로 해야 압니까."

　맞는 말 같아서 고개를 끄덕이게 된다. 사랑이 도타울수록 눈빛, 표정, 자세 등에 자연스럽게 배어 나오지 않던가. 숨겨도 제 구실을 하는 것이 감정이다. 그래도 표현을 아끼는 부모님 때문에 속 갈증을 앓았던 것도 사실이다. 더 노력해서 '잘했다' '착하다'는 칭찬을 듣고 싶어 하지 않았던가.

어느 날 엄마가 나에게 마음을 너무 드러내지 말고 숨기라고 했다. 왜 숨기라는 것일까. 그 시대엔 마음을 잘 숨기는 그것이 잘 살아가는 한 가지 비책이라면 비책이었는지 모를 일이다. 사람의 심리란 모르면 궁금하다. 두들겨보고 만져보고 마음을 타진하면서 관심을 표현하지만, 알고 나면 싱거워져서 관심을 걷어가 버리기 십상 아니던가. 사마광, ≪가범(家範)≫에 나오는 다음 글을 보면 사랑을 숨기라는 말이 나온다.

　　"군자(君子)는 자식을 사랑하지만 얼굴에 나타내지 않는다. 마음속으로는 사랑하더라도 밖으로 나타내지 않는다. 항상 위엄 있고 근엄한 태도로 대하고 얼굴에는 기뻐하는 빛을 보이지 않는다. 도리를 따르도록 하되 강압적으로 하지 않는다. 강압적으로 하면 부모의 은혜를 곡해할 수 있으니, 어루만져 시간이 지나면서 ......차츰 변하도록 해야 한다."

　엄마의 "숨겨라" 속에는 이러한 생각이 들어있지 않았을까. 자식에 대한 사랑을 전부 뒤집어 보이고 나면 자식이 더는 노력하지 않는다. 그러니 적당히 속을 내보이고 적당한 거리를 유지하라는 것이 아닐까. 그렇다면 이것이 얼마나 큰 모순인가. 이런 비책을 자식인 나에게 발설하시다니.

　부모라고 해도 그 마음을 다 알 수는 없으리라. 그렇게 삶의 비책을 전수하는 것일지 모른다. 미래를 위해서 조금이라도 힘과 여유가 있을 때 비축하고 살라는 교훈 같은 것 말이다.

내 눈에도 요즘 신세대는 민망할 정도로, 현재를 한껏 발설하고 사는 것 같다. 가상의 공간 탓일까. 당장 좋은 자동차를 끌고, 때마다 여행 가서 추억을 쌓고, 또 자식 자랑에 입에 침이 마른다. 옛날만큼 감정을 절약하며 사는 것 같지 않다. 대놓고 "나는 oo 바보입네"라는 말을 해도 상대방이 팔불출로 여기지 않는다. 나조차도 그 말을 들으면 싫지 않고 슬며시 웃음이 나오니 말이다.

사랑을 드러내야 하는 걸까. 숨겨야 하는 걸까. 단순하게 자식의 사랑만을 놓고 보았을 때, 과연 어떤 철학이 맞는 것일까 혼돈이 오는 때도 있다.

나는 오늘도 '숨기라'는 비책을 까맣게 잊은 채, 문자 뒤에 하트를 몇 개 씩 달아 보냈다. 속을 까뒤집어 보여주지 못해 안달하는 모양새다. 하지만 자식에 대한 사랑 표현법이 마음을 잘 숨기는 것이고, 이것이 사랑하는 사람의 관심을 곁에 두는 비책이라고 생각했다면, 내 속 갈증은 해갈을 모르고 심해졌을지 모른다.

어느 날 우연히 엄마가 큰 손주와 통화하는 소리를 들었다.
"쏜주야, 사랑해. 하늘만큼 땅만큼."
언제 가슴 속에 넉넉한 포물선 꿀단지를 묻어 놓았는지, 진한 꿀이 줄줄 묻어 나오는 목소리였다. 역시 엄마도 내리사랑에는 속마음을 숨기기 힘든가 보다.

- ☆ -

사랑한다는 말. 정작 마음속을 크게 차지하고 있는 사람에게는 말하기 힘들다. 아마도 그 말에 따르는 온도를 의식한 때문은 아닐까. 나도 부모님껜 정작 '사랑'이라는 말을 자주 꺼내지 못했다.

# 식탁에 놓인
# 생선튀김을 훔쳐 먹은 고양이

　내 고양이 이름은 나냐다. 하는 짓이 깨끗하다. 나냐만큼 깨끗하게 몸단장하는 동물이 또 있을까. 쥐, 그거 하나 먹은 날은 얼굴에 핏자국이 찍혔지만, 어느새 핏방울 하나 없이 말끔하게 단장한다.

　나는 주인의 식탁을 탐한 고양이. 식탁에 놓인 생선튀김을 보고 도저히 욕망을 누를 수 없었다. 그때부터 나는 자주 외출을 감행하게 되었다. 왜? 쥐를 사냥하기 위해서? 암놈을 찾아서? 둘 다 맞다. 나는 은혜를 아는 수놈이니까.

　이야기의 퍼즐을 맞추어 보기 위해 생선튀김을 기점으로 시간을 조금만 뒤로 돌려본다.

　나는 나냐의 주인이다. 어느 날 쓰레기 더미에서 떨고 있는 길고양이 새끼를 들였다. 예의 바르게 크던 녀석이 식탁 위에 놓인 생선튀김을 훔쳐 먹었다. 그때부터 나냐를 밖에서 재웠다. 작은 들 구멍 하나를 만들어 주었더니 그리로 들락날락했다. 그러던 어느 날 밥그릇에 사료가 충분한데도, 쥐를 잡아서 물고 들어왔다. 꿈틀대는 쥐를 보고 기겁을 했다. 들 구멍을 막아야 할지 어떨지 고민에 빠졌다. 그동안 쌓인 정 때문에 차일피일 미루게 되었는데, 며칠째 보이지 않던 나냐가 들어왔다. 이번에는 새를 사냥해 왔다. 날개가 꺾여 펄럭이는 새를 보고 질색했다. 고양이를 내쫓고 들 구멍을 막아버렸다.

그러던 어느 날, 외출에서 돌아와 보니 이게 무슨 일인가. 놀랍고도 해괴한 일이 벌어졌다. 그 녀석이 어떻게 들어왔는지 안방이 온통 시뻘건 피범벅이 되어 있었다. 죽은 쥐의 살점이 찢겨 사방에 널브러져 있었다. 자기를 미워한다고, 해코지하는 동물이라고 생각하니 소름이 돋았다. 은혜도 모르는 동물을 영영 내쫓을 방법을 마련하게 되었다. 여전히 영물이라고 생각하는 점에는 변함이 없다.

나는 슬픈 고양이. 쥐를 사냥해 온 것은, 주인에게 최고의 성찬을 대접해 드리기 위해서였다. 그 자리를 빛내기 위해서 신선한 피를 뿌려 놓았다.

감사의 표현은 생물마다 다르다. 모든 것을 인간 중심의 눈으로 봤을 때부터 인간은 교만에 빠지고 두려움을 키우게 된다. 그것은 단순히 '생선튀김을 훔쳐 먹은 고양이' 문제만이 아니다. 시어머님은 고양이만 보면 몇 번이나 그 끔찍한 영물 이야기를 하셨다. 복수한 고양이 이야기 였다. 그러나 말은 그렇게 해도 스스로 뭔가 미심쩍은 점을 느끼셨으리라.

인간이 동물과 다른 점이 있다면, 뒤늦게라도 본질을 제대로 파악하려는 점이다. 인간은 꼭 사고(思考)한다. 갈대처럼 갈팡질팡 휘둘리면서. 의문이 풀릴 때까지 돌이켜 생각한다. 합당한 해답을 못 찾으면 앙금으로 남아 누구에겐가 꼭 전하고 싶어 하는 것 같다.

# 땅심, 말없는 손짓

"음매~" 암소가 고즈넉하게 운다. 멀리 보이는 간이역. 녹슨 철길에 따사로운 햇살이 내려앉는다. 선로 주변의 무성한 풀에서 잡풀의 힘을 느낀다.

김유정역에서 점심을 먹으러 여기저기 둘러보다가 발길이 이끄는 이 집으로 들어왔다. 텃밭에서 고추를 따던 뒷모습이 작달막한(김유정의 단편, '봄·봄'에서 주인공의 빙모님이 연상되는) 할머니가 우리를 맞이했다. 역 앞, 홍보 현수막에 새겨 넣은 그 얼굴이다. 이 집에서 정감 같은 것을 느낀다.

춘천의 명물인 막국수와 닭갈비를 시키고 건너편 풍경을 둘러보았다. 금병산 산세가 옹기종기 품은 옛집들이 보이고, 멋스러운 현대식 건물도 군데군데 보인다.

뜨겁게 달구어진 철판의 고기를 휘휘 젓는 노동에 익은 할머니 팔뚝. 할머니가 풋고추에 된장을 찍어 보라고 권했다. 직접 담근 된장인데 맛이 제대로 들었단다. 속에 담고 있던 말이 자연스레 나왔다.

"할머니 여기서 오래 사셨어요?"

"시집와서 쭉···. 남편이 이곳 토박이지."

야학(금병의숙)에서 김유정 선생께 시어른이 글자를 배웠다는 말이 자랑스럽게 술술 이어졌다. 이런 말이 듣고 싶어서 이곳에 온 것이 아닌가. 옛이야기가 고프다.

할머니의 이야기를 들으며 상추에 풋고추와 된장을 얹고 매콤한 닭고기를 싸서 먹으니, 마치 친정집에라도 온 것 같은 기분이 들었다.

창밖을 보니 저 멀리 둔덕에서 연기가 피어오른다. 아이를 누비처네로 둘러업은 한 여인이 가물거리는 아지랑이 사이로 어른거린다.

산비탈 밭에서는 밭갈이 작업이 한창이다. 불을 질러 만든 화전 밭이다. 재의 영양분이 척박한 땅속에 스며들어 땅심*을 키우리라. "워어 워어" 겨릿소를 부리며 가락을 빼어 무는 밭 갈 아비의 노래에, 두 뿔이 옹골찬 두 마리 소가 거친 밭을 쟁기질한다. 목덜미에 걸린 방울이 털렁거리자, 등덜미로 이어진 근육을 타고 황소의 강한 힘이 발굽으로 전해져 쟁기를 힘차게 앞으로 밀고 나간다. "땡그랑 땡그랑" 워낭소리가 밭고랑을 돌아가자 깊게 파인 흙이 뒤집혀 땅심이 포물선을 그리며 모락모락 피어오른다.

환상은 한없이 전개된다. 구릿빛 팔뚝의 사내 곁에서 아이에게 퉁퉁 불은 젖을 꺼내 물리는 복숭앗빛 여인의 얼굴이 점점 다가온다. 흑백사진 속 그 얼굴이다. 가슴이 울렁인다. 엄마였구나. 내가 예까지 찾아온 것이. 포물선 좌표(0,0).

- ☆ -

*땅의 기운과 활력.
아주 가끔 이렇게 고향이 말 없는 손짓만이라도 해준다면, 한숨 잘 자고 일어난 듯 살아갈 수 있을 것 같다.

# '마리아'라는 씨앗


우선 '마리아'는 갈릴리 호숫가에 있는 막달라, 그곳 출신의 성녀, 막달라 마리아가 아니라는 점을 밝힌다.

어쩌다 마을버스를 타면 한 남학생을 만난다. 그는 계속 말을 하며 제 생각을 입 밖으로 노출한다. 옷차림도 깨끗하고 밝은 표정의 학생이다. 나보다 한 정거장 먼저 내리는데 내릴 때는 꼭 운전기사에게 "감사합니다."라는 인사를 잊지 않는다. 운전기사 아저씨도 "그래 조심해서 가거라."라고 응수한다. 오랫동안 마을버스를 이용하고 있는지 친숙한 사이처럼 보인다. 이상하게 그 짧은 대화에서 안심하는 마음이 든다.

말이 자신의 의지와 상관없이 밖으로 나오면 어떤 기분을 느낄까. 한 번쯤 들어보았음 직한 이야기가 있다. <프로이트> 관련 저서에 있는 내용이다.

시도 때도 없이 '마리아!'라고 외치는 남자가 있었다. 남자는 학창 시절 마리아라는 소녀를 사랑했다. 항상 마음속에 그녀의 이름인 마리아를 담고 살았다. 어느 날 수업 도중 "마리아"를 큰소리로 외치는 증상이 나타났다. 이러한 증상은 수십 년이 지나 마리아를 더는 사랑하지 않게 된 뒤에도 지속됐다. 죽을 때까지 마리아를 외쳤을까. 도중에 고쳤을까.

'마리아'는 감정을 지나치게 억압하고, 과도하게 통제하려 했기에 드러난 감정이다. 누구에게나 마리아는 있을 수 있다. 긍정적이고 참을성이 많은 사람일수록 괜찮은 척하며 감정을 억압하고 사는 것이 습관처럼 배어있기 쉽다. 수업 시간에 마리아를 외친 학생도 그런 유형의 사람이 아니었을까. 시시각각 변하는 감정을 긍정 일변도로 살아내기란 어려운 일이다.

마을버스에서 또 그 남학생을 보았다. 나이키 신발을 새로 샀는가 보다. 튀어나온 생각을 듣고, 학생의 신발을 보니 포물선 모양의 날개가 그려져 있는 새 운동화를 신었다. 지금 그는 새 신발을 신고 금이 간 의식이란 배를 타고 강을 건너고 있다. 갈라진 틈새로 들어오는 물. 프로이트라면 학생에게 이런 말을 하지 않았을까.

"누구에게나 건너야 하는 강이 몇 개씩은 있단다. 외면하지 말고 정면으로 바라보며 노를 젓다 보면, 건너편 강기슭에 닿아 있을 거야. 강건너에는 좀 더 창의적이고 자유로운 삶이 너를 기다리고 있을 거야. 누구나 그런 과정이 필요하단다."

몸은 같은 자극에도 사람마다 서로 다른 반응을 보인다. 또 매 순간 직면하는 세상이 모두 같은 감정일 수는 없다. 남학생이 세상을 살면서 경험한 것들로 내면의 '마리아'가 변해갈 것이다.

- ☆ -

운전기사 아저씨와 주고받는 가벼운 인사에서 그의 웃는 얼굴을 봤다. 싹을 틔운 그 남학생의 '마리아'가 성녀 마리아처럼 강을 건너가는 배의 튼튼한 노(櫓)가 되어주길.

# 국숫집

대학 교수인 선배가 있다. 이 선배의 말버릇은 누구든 교수를 붙인다(마땅한 호칭이 없을 때 선생이라는 호칭은 자주 쓰지만).

그녀의 전공은 레크리에이션(recreation)이고 골드미스다. 누구에게나 그렇게 칭하는 버릇만 빼면 흠잡을 데 없다. 밝은 표정에 맨드리가 단정하고 곱다. 성격은 매사 냅뜨는 성미지만, 아는 것도 많고 웅숭깊은 데가 있다. 그녀는 모임에서 화끈하게 분위기를 잘 이끌어가는 존재감 바로 그 자체다.

항상 기운이 넘쳐나던 선배의 눈물을 본 것은 뜻밖의 장소에서였다.

나는 매번 선배들에게 밥을 얻어만 먹다가, 한 날은 우리 집 근처 국숫집에서 국수를 산 적이 있다. 그 국숫집 이름은 '내가 국수다'였다. 가정집을 개조한 편안한 분위기의 가게였다. 국숫집은 인생의 희로애락뿐만 아니라 누군가를 향한 그리움과 과거의 추억까지 살뜰하게 들추어내는가 보다.

그날은 세상에 대한 이런저런 신소리가 여러 바퀴 돌고 나자, 골드미스 선배에게 "이제라도 좋은 짝을 만나 국수를 먹었으면 좋겠다."라고 누가 말했다. 그러자 그녀가 질문이 하나 있는데 대답해 주겠느냐고 심각한 어조로 물었다. 모두 그녀의 다음 말에 집중했다.

질문은 사십 대에도 하고픈 생각이 나느냐, 그걸 하느냐고 물었다. 한 테이블에 앉았던 기혼자 세 명이 서로 얼굴을 쳐다보았다. 모두 어이없다는 표정이었지만, 의미 있는 웃음을 섞어서 그녀를 바라보았다. 그러곤 A 선배가 "사십 대야말로 절정이지."라고 했다. B 선배가 A 선배의 말에 동조하며, "애를 낳으면 그 재미가 더하다."라고 보태자 선배의 얼굴이 홍당무가 되었다.

우리는 그 선배가 정말 순수하다고 생각했다. 홍당무가 된 그녀가 조심스럽게 말을 이었다. 자신이 지금 사십 대만 돼도 짝을 찾아보겠다고. 그러면서 아버지는 내가 어렸을 때 돌아가시고, 서른아홉 살 때 어머니마저 가셨는데, 이후 아무도 막내인 자신에게 신경을 써 주는 사람이 없었다고 했다. 오직 어머니만이 나이가 꽉 차가는 자신을 걱정해 주었는데, 어머니마저 떠나자 형제자매 중 누구도 자신의 결혼에 관해서 관심을 가지고 말하는 사람이 없었다고 했다.

사십 대에 적극적으로 권해주기만 했어도 자신이 지금 독신으로 살지는 않았을 것이라고 속내를 드러냈다. 그러더니 씩씩하기만 하던 그 선배가 엄마 생각만 하면 눈물이 난다며 눈가를 닦았다.

그녀에게 이런 소심한 면이 있었다니···. 이러한 이유로 독신으로 사는 줄 누가 상상이나 할 수 있을까. 중이 제 머리 못 깎는다는 말은 이런 경우다. 사람은 막상 자기 자신과 관련된 일은 스스로 제때 잘 못 하는 경우가 많다.

그녀의 눈물은 복잡했다. 단 시기적절한 독려가 있었더라면 하는 생각이 들었다. 삶의 포물선은 사람마다 다르다. 그 눈물에 공감이 갔지만, 무엇보다도 배우자를 찾기에는 너무 늦은 나이라고 생각하는 그녀에게 신경이 쓰였다. 순수하고 진정성 있는 그녀를 보자 결코 늦었다는 생각이 들지 않았다. 우리는 아직 그렇게 생각하기엔 이른 나이라고 국수 먹기 독려 릴레이를 시작했다.

내 머릿속에 오래 전의 일이 엊그제 일처럼 지나갔다. 언젠가 육십 대인 지인이 '오' 자로 시작하는 나이라면 세상에 못 해볼 것이 없을 것 같다고 했다. 그 말을 듣고, 당시 '사' 자에 들었던 나는 과연 그럴까 의심스러워했었다. 지금 그때 들었던 말을 교수 선배에게 강조하고 있다('오' 자를 '육' 자로 바꾸어서).

그러자 그녀가 다시 또 우리 셋에게 질문했다. 육십에도 …. 우리는 서로 얼굴을 쳐다보며 당혹해하다가 튀어나오는 웃음을 참을 수가 없었다. 우리는 일제히 얼러붙어 그녀의 이름을 불렀다.

- ☆ -

사랑은 독려로 피어나는 감정도 아니고 예측 가능한 감정도 아니다. 나이에 상관없이 사랑이란 말은 가슴에 불을 지피는 단어인 것 같다. 그녀의 얼굴에 홍조가 가득했다. 그녀에게 지금 늦은 사랑이 다가오고 있는지 모른다. 그날따라 국숫집에서 바라 본 저녁노을이 유난히 붉고 아름다웠다. 타인에게 때맞추어 독려해 주는 것은 정말 어려운 일이 아닐 수 없다.

# 보석상자

올해 들어 가장 추웠다. 혼자 있는데 속이 메스껍고 배가 찌르르 아팠다. 더 참기가 어려워서 병원에 가려니 늦은 시간이라 마땅한 병원이 없다. 다행히 24시간 문을 연다는 병원을 근처에서 찾아냈다.

삼십 대의 젊은 의사가 진찰대에 누우라고 해서 누웠더니, 배의 좌우 부분과 가운데를 두 손으로 꾸욱 눌러본다. 짧지만 신중함을 느꼈다.

"아프세요?"
"맹장 수술했어요···."
괜한 말이 나왔다.
"장염입니다."

이 추운 계절에 무슨 장염이란 말인가. 처방전을 기다리는데, 배가 아프다며 내 또래의 여자가 들어온다. 장염도 유행하는가.

돌아오는 길에 죽집에 들러, 따끈한 흰죽을 먹고 약을 먹었더니 배가 좀 가라앉았다. 언제나 부르면 달려오는 택시에 365일 문을 열어두는 병원과 아플 때 흰죽을 쑤어주는 곳이 있어서 얼마나 다행인가. 감사하다는 생각 끝에 문득 사뮈엘 베게트(Samuel Becket)의 ≪고도를 기다리며≫가 떠올랐다. 나를 살리는 고도는 무엇일까.

　작가는 끝내 고도가 무엇인지 밝히지 않았다. 그래서 인지 고도에 대해 끊임없이 생각이 이어진다(고도에 대한 특수성과 보편성이 엇갈린다). '죽음'인가도 생각했다가 '사랑'이나 '고독'인가도 생각했다. 가장 이해가 쉬운 설명은 교도소에 있는 사람에게는 '자유'이고 배고픈 사람에게는 '빵'이라고 하는 누군가의 해석이었는데, 맞는 말인 것 같다. 하지만 노벨상을 받은 작품인데 무언가 깊이가 다른 무엇일 것 같다는 생각이 든다. 기다리는 것이 타인이 아니라 '나'라면? 좀 더 심오한 것이 있을 것 같다.
　과연 사람들이 기다리는 고도는 무엇일까.
　요즘은(극중의 사람들이 모두 모자를 쓰고 고도을 기다리듯이), 모두 마스크를 쓰고, "언제 오지?" "언제 오지?"하고 초조하게 고도를 기다린다. 겨울에 자주 배앓이를 하는 사람도, 바이러스에 감염이 우려되는 사람도.

　"맵고 짜고 기름진 음식을 피하세요." 의사의 상투적인 말을 상기하며 냉장고를 열어보았다. 나는 건강을 위해 매일 먹는 음식에 얼마나 시간을 할애하고 있는가. 간편한 음식으로 때울 때도 많다. 냉장고에는 해동된 상태로 며칠씩이나 누워있는 고등어가 있고, 유통기간이 지난 치즈에 시든 채소가 있다. 치즈는 발효음식이니 시간이 지나도 괜찮을 것 같았고, 채소는 깨끗이 씻고 생선은 잘 익혀 먹었는데, 허점을 찔린 것이다.

　식자재에도 감정이 담겨있는 듯하다. 살아 있어서 썩고 아픈 것이
다. 아프지 않고 건강한 몸이 제일 아름답다는 것을 부모님을 통해 누
구보다도 잘 알고 있지 않은가. 겉몸을 치장하기보다 진정한 보석상자
인 냉장고를 시기적절하게 잘 열자. 유통기간을 넘기지 않은 식자재를
보석처럼 잘 다듬어서 먹어 보자.

- ☆ -
**어쩌면 내가 기다리는 고도는 이처럼 단순한 것일지 모른다.**

# 무관심만 못한 애정

반려 동식물을 키우다 보면 남들이 그것과 관련된 말을 하면 귀가 쫑긋댄다. 대부분 다 알고 있을 법한 내용이지만, 가끔 교과서를 벗어난 미묘한 의문을 해결할 수 있는 글이나 말을 접했을 때 받는 기쁨이 크다.

얼마 전에 지하철에서 어떤 사람이 대화하는 소리를 들었다. 열대어에 관한 이야기였다. 열대어에 조예가 깊은 사람 같아서 유심히 들었다. 그들의 대화중에 공감이 가는 것은 애정에 관한 것이다. 다소 무관심한 듯이 지내는 것이 가장 좋은 방법이라는 것이다. 사실 새로울 것도 없었지만, 물고기에 병이 돌아 다시 회복하지 못할 정도에 이르는 상황을 미리 알아 대처할 수 있다면, 아주 건강하게 키울 수 있다는 말에 고개가 끄덕여졌다.

다소 무관심한 듯 지내면서도 옥의 티를 찾아낼 수 있는 사랑과 능력이 중요하다는 내용의 말이다. 그 이야기를 엿듣고, 그 사람이야말로 완벽의 경지에 이른 사람이라고 생각했다. 애정이 열대어를 키우는 기본이기는 해도, 그것만으로 열대어를 키울 수는 없기 때문이다.

실상 열대어는 사람의 애정 어린 관심에 의해 자라는 것이기는 하다. 영양에 신경을 써서 먹이를 바꾸어 주고, 식사 시간을 맞춰주고, 산소가 부족할까 봐 여과기를 여러 개 돌려주고, 또 수돗물이 치명적일 수 있으니 생수를 사다 주는 것도 나쁘지는 않다. 그러나 자칫 잠깐이라도 같은 방식으로 키우기 힘든 상황이 되었을 때, 그들은 어찌 되겠는가.

그뿐인가. 매일 어항을 들여다보면 물 환경의 미세한 변화를 감지하지 못한다. 매일 약간씩은 변할 텐데 눈치 채지 못하기 때문이다. 그러다가 어느 정도 상황이 악화한 이후에야 비로소 상황의 심각함을 알게 되어 자칫 열대어가 회생하기 어려운 지경에 몰리기도 한다.

어항에 어느 정도 거리를 두고 관심을 보이다 보면 변화를 민감하게 깨달을 수 있다. 그 거리가 오히려 열대어를 건강하게 키울 수 있는 조건이 되기도 한다. 물갈이, 햇빛, 먹이 등의 간격에 신경을 쓰기보다는, 열대어를 결정적으로 약하게 만들 수 있는 병의 감염 여부를 챙기는 것이 열대어 키우기의 더 중요한 일이다.


물 환경을 최선으로 만들려고 애쓰지 않고, 열대어에만 온 신경을 덜 쓴다고 해서 크게 잘못되는 것도 아니다. 더욱이 적당한 무관심은 오히려 즐거움을 갑절로 늘려주기도 한다. 잠시 관심을 딴 데 둔 동안 색깔 고운 수놈이 배가 불룩한 암놈과 쌍쌍이 다니는 것을 보기도 하다가, 어느 날, 수초 사이에서 떼 지어 놀고 있는 치어를 보고 생명의 신비감에 빠지기도 한다.

어느 정도의 거리가 열대어를 건강하게 키운다. 또 건강한 사랑을 키워나가는 한 가지 방법이 된다. 그렇다고 해서 열대어를 키운다는 사람이 너무 외면해서야 되겠는가.

　열대어 키우기에 관하여 이렇게 길게 썼지만, 정작 내가 하고 싶은 말은 채 한 줄도 안 된다. 무엇이나 집착해서 종속되기보다는,

　"편안한 마음으로 건강하게 사랑을 키워나가야 하겠다."

- ☆ -
**열대어 키우기에 본인이 키우고 싶은 것을 대입해 보라.**

# 유독 하얀빛이 눈부신 날에

　가끔 특색 있고 희소성 있는 옷에 끌리는 때가 있다. 계절마다 입는 옷감이나 색이 다르고, 사람의 마음도 계절 따라 색에 민감하게 반응한다. 흰색 린넨 롱 플리츠 스커트를 입고 나오니 하얀 주름 사이로 생기는 그림자가 가볍다.

　공원 산책길 따라 포물선 항아리가 놓여있다. 커다란 화분에 나비 모양 꽃잎이 내 마음처럼 하늘거렸다. 다채로운 색상 중 하나만 고르라고 하면, 팬지는 바이올렛인가 노란색인가. 역시 흰색이다. 항아리 길을 따라 늘어선 하얀 철쭉 덤불이 빛난다.

　이제 이른 봄꽃은 계절을 살펴간다. 철쭉의 계절이 왔다. 철쭉 하면 으레 분홍이나 붉은 계통을 연상하는데, 이때쯤이면 흰색이 유독 발광(發光)하고 화려하다. 다채로운 색감 중 어느 색을 선택하겠느냐고 묻는다면 망설일 것 같지 않다.

　흰색에 취해서 늘 보던 것을 유심히 살폈다. 그때 운동복 차림의 남자가 옆 화분으로 다가왔다.

　그는 눈에 화분을 통째로 들여놓을 듯 그냥 살피는 정도가 아니었다. 쪼그려 앉아서 팬지를 자세히 들여다보더니 손으로 쓰다듬는다. 홀린 듯 손끝으로 꽃잎을 하나하나 만진다. 느낌을 느껴보는가. 옆에 사람이 있는지도 모르는가 보다.

나는 하도 쑥스러워서 앞으로 걸어갔다. 그 남자의 모습이 평범하지는 않아서 자꾸 뒤돌아보게 되었다. 그는 꽃잎의 안쪽을 그렇게나 코를 바짝 대고 들여다볼 수가 없다. 꽃에 감정이 있다면 부끄러울 정도로. 뿐만이 아니었다. 무슨 노래를 흥얼거렸다. 궁금해서 이어폰을 빼고 귀를 기울여 보았더니, 누구나 알고 있을 법한 음이었다.

두만강 푸른 물에 노 젓는 뱃사공
흘러간 그 옛날의 내 님을 싣고···.

그 노래가 팬지와 잘 어울리지는 않았지만, 구수한 가락이 항아리와 아주 많이 어울리지 않는 것도 아니었다. 슬픈 사연이 있는가. 다른 이의 거울을 흘끗 들여다 본 것 같았다. 왠지 계속 주시하게 되었다. 이번에 그는 흰 철쭉 쪽으로 가더니 꽃잎 밖으로 나온 꽃술을 만져보는 것 같았다. 마냥 그 사람을 힐끗댈 수만은 없어서 지나쳐갔다.

공원을 한 바퀴 돌아서 그 자리에 오자 그 사람이 다시 떠올랐다. 나는 팬지 화분에 고개를 쑥 들이밀고 가까이서 보았다. 팬지는 철쭉처럼 달랑이는 꽃술이 없었다. 가는 색연필로 꽃잎에 꽃술을 그려놓은 것 같은 형상만 있었다. 그 모양은 마치 고양이 콧수염처럼 보였다. 그 남자는 무엇을 보고 그리 감정에 젖어서 사람이 곁에 있는 줄도 모르고 감흥에 취했을까. 나처럼 오늘 유독 그 하얀빛에 끌렸을까.

나도 철쭉을 이렇게 자세히 관찰했다. 손으로 어루만져 보았다. 물기 머금은 하얀 꽃잎의 시원한 감촉도 느껴보고 꽃술을 만져보았다. 간지러운 깃털이 손바닥에 얹히면 이런 느낌일까. 지금 내가 느낄 수 있는 살아있는 색이었다. 향기가 있을까. 코를 가까이 대보았다.

- ☆ -
특별한 색깔이 눈에 들어오는 날이 있다. 정서가 흰색에 집착해서 끌리는 날은 다른 감정에 쉽게 물드는 것 같다. 지나가던 사람이 힐끗힐끗 쳐다보았다. 되돌아오면 그 사람들도 걸음을 멈출 수밖에 없으리라.

# 잡힐 듯 푸른 저 하늘 아래로

인간의 본성에는 현실을 긍정하는 심성이 있다고 생각한다. 그런데 마음이 불안하면 현실을 부정하는 심성도 같이 싹을 틔운다.

무슨 일이 터졌는지 사람들이 소란스럽다. 누가 총을 들고 있다. 쏘려는가. 발이 떨어지지 않는다. "탕탕탕" 총성이 울리고, 사람들 틈으로 낯익은 얼굴이 보인다. 두 팔을 휘저으며 이름을 불렀다. 목청이 나오지 않는다. 얼마나 애를 썼는지 온몸이 후줄근하다. 등이 축축하다. 박격포 부대로 배치받은 아들. 얼마나 노심초사하는지, 이런 꿈을 다 꾼다.

문자가 들어왔다. '아들입니다. 전화 주세요.' 가슴이 덜컹 내려앉았다. 전화를 넣었더니 수화기 너머에서 달뜬 아들의 목소리가 들려왔다. 스마트폰을 쓸 수 있게 되었단다. 군에 가면 어차피 스마트폰을 못 만지게 되니 다행이라고 생각했었는데 그런 것이 아니었다. 언제든지 문자가 가능해졌다.

수시로 문자를 넣는다. 성장하고 익어가길 바라며. 추워졌다. 눈이 많이 내렸다. 비가 온다. 꽃이 폈다. 더워졌다. 밥 먹었어? 답 글 좀 길게 해라. 등등.

세상이 새삼 달라지고 있음을 뼛속 깊이 느낀다. 나날이 새로운 소통의 중심에 네트워크가 중요한 위치를 차지한다. 바다 건너 떨어져 있거나, 만나고 싶어도 그럴 수 없는 상황의 가족들과 화상통화를 한다면 얼마나 위안이 되겠는가. 반면 가족을 앞에 두고도 인터넷에 집중하느라 소통의 부재를 겪기도 한다. 인간이 점점 더 스마트폰에 의존하는 것 같다. 변해가는 추세를 어찌 막으랴.

삶에 절대적인 안전지대는 없다. 불안이라는 불청객은 수시로 찾아온다. 누가 나 자신의 불안을 해결해 줄 수는 없다. 불청객과 함께 잘 사는 법을 익혀야 하리라.

문득 미래의 세상을 그린 영화가 떠오른다. 우주로 여행을 떠난 엄마가 우주 정거장에서 가족과 화상 통화하는 장면이다. 잡힐 듯 푸른 저 하늘 아래 파란 지구별로.

- ☆ -

**오늘도 하늘로 메시지 발신 중. 포탄 같은 문장이 포물선을 그리며 힘차게 날아간다. 아들, 포 쏠 때 귀 잘 막아!**

# 쉬어가기

우울할 때 다시 보고 싶은 책이 있어서 서재를 뒤졌다. 파란색에 하얗고 까만 점이 박혀 있는 표지를 떠올리며 찾다가, 우연히 졸업앨범 옆에 꽂혀 있는 아이의 어릴 적 일기장을 보게 되었다. 호기심으로 첫 장을 넘기면서부터 '그랬었지'를 반복하며 누런 공책 속으로 끌려 들어갔다. 귀가 접힌 공책의 서툰 글씨가 말했다. 인생은 시험문제처럼 맞고 틀림의 문제가 아니라고.

# 옛날 집

　날씨가 좋다가 비가 내리다 무지개가 떴다. 변덕스러운 날씨였지만 기분이 좋았다. 왜냐하면 날씨에 대해 쓸거리가 많아졌기 때문이다. 춘천 집에 놀러 갔다. 너무 오래간만에 가서 헷갈렸다. 내가 제일 이상하게 생각하는 점은 불 켜는 버튼이다. 너무 작았기 때문이다. 예전엔 크게 느껴졌던 것이 엄청 작았다.

# 고마움

날씨가 너무 좋아서 저 멀리 북한산도 보였다. 자전거를 고치러 갔다. 엄마가 전에 자전거를 타다가 넘어져서 망가졌기 때문이고, 내 자전거도 뒷바퀴 브레이크가 망가졌기 때문이다. 난 잘 몰랐는데 아빠께서 지하철 1번 출구 앞에 자전거를 무료로 고쳐주는 곳이 있다고 하셨다. 아빠와 그곳을 찾아가서 망가진 곳을 말하고 고쳤다. 참고로 신분증을 보여주면 하루 동안 아무 자전거나 빌려 탈 수 있다. 바람도 넣으라고 해서 바람까지 넣었다. 그냥 가도 되냐고 물었더니 된다고 했다. 타보니 전보다 훨씬 좋은 느낌이었다. 자전거를 타고 다닐 때 뒷바퀴 브레이크 때문에 고생했는데, 이제는 아무 걱정이 없다.

# 좋은 선생님

날씨가 시원하고 좋았다. 교장 선생님께서 2교시 때 오신다고 한다. 왠지 모르게 마음이 설레었다. 교장 선생님은 오시자마자 칠판에 무언가를 붙여 놓으셨다. 무엇인가 하면 바로 respect이다. respect yourself, respect others, respect school을 붙여 놓으셨는데, 뜻은 나 자신을 존중하라, 남도 존중해라, 학교를 존중해라 이다. 나 자신을 존중하라는 말의 뜻은 자신을 무시하지 말라 이다. 남을 존중하라는 말은 남을 아끼고 사랑하고 배려하라는 말이다. 학교를 존중하란 말은 지금은 같은 장소에서 똑같이 공부하지만, 나중에는 초등학교 생활이 그리울 수도 있다는 뜻이다. 교장 선생님은 understand에 관해서도 얘기하셨는데, 해석하면 '밑에 있는 자'란 말이다. 한마디로 남보다 밑에 있어야 한다는 뜻이다. 겸손해야 한다는 뜻이다.

# 실수

나는 아주 큰 실수를 저질러 되돌려 놓을 수 없게 되었다. 실수에 따라 내가 어떻게 변하느냐에 따라 내가 훌륭한 사람으로 성장할 수 있기도 하고 세상에서 가장 추악한 사람이 되기도 한다. 내가 저지른 실수는 욕과 거짓말한 것이다. '말은 꿀벌과 같아서 꿀과 침을 가졌다' 단 한마디의 말로 남의 기분을 좌우하고 내 인상을 더럽힐 수 있다는 말이다. 내가 말하기 전에 그 듣는 상대방의 기분이 어떤지 생각해 보아야 한다. 이런 속담도 있다. '한번 쏟은 물은 다시 담을 수 없다' 아무 생각 없이 한 한마디가 나쁘게 나가면, 그 듣는 사람의 기분은 다시 주워 담을 수 없다. 내가 이 일로 인해 사과해야 하는 사람은 JK, JO, JY이다. JK에게는 공부를 방해해 미안하다. JO에게는 몰래 남을 욕해 미안하다. JY에게는 안된다는데 재촉해 미안하다. 이 일을 교훈 삼아 내가 해야 할 일이 있다. 첫째, 욕을 입에 담지 않는다. 둘째, 무슨 상황이라도 솔직히 말한다. 셋째, 내 기분이 나빠도 재촉하지 않는다. 나도 이 규칙을 지키되 다른 친구가 이런 길로 가면 바로 잡아 주어야겠다.

# 스트레스

날씨가 더욱더 추워졌다. 아파트 보일러가 망가져서 더 춥다.

아, 내일 한자 시험을 본다. 왠지 자신이 없어진다. 연습할 때마다 많이 틀렸기 때문이다. 한자는 외우는 게 너무 어렵다. 왜냐하면 뜻과 글자가 기억이 잘 안 나고 한자를 조합한 글자를 쓰는 것이 쉽지 않기 때문이다. 게다가 한자의 글자는 아는데 뜻과 음을 모른다. 오늘 시험을 볼 때 그런 경우가 있어서 많이 틀렸다. 내 짝인 CY는 책을 보고하기라도 한 것처럼 많이 맞았다. 나는 CY의 한자 잘 외우는 방법이 궁금했다. 물어보니 한자 과외를 한다고 했다. 하긴 한자 과외까지 하는데 모를 리가 없지···. 내일 시험도 많이 틀릴까 봐 무척 긴장된다. 계속 '잘 봐야 하는데'라고 생각하면서 말이다. 내가 과연 13개를 맞을 수 있을까? 열심히 집중하여 외우면 좋은 점수를 받을 수 있다. 한자도 한글과 똑같다고 생각해야 한다.

# 할아버지 할머니

한강이 얼었다. 신기하다. 엄마가 할머니 집에 가보자고 했다. 할머니 집은 2시간 반 정도 걸린다. 길가에서 김이 무럭무럭 나는 찐빵을 샀다. 가는 길이 지루했지만 그 찐빵이 식기 전에 할머니 집에 도착했다. 할아버지 할머니는 추운데 나와 계셨다. 강아지도 반가운지 계속 뛰고 달라붙고 난리다. 오랜만에 할아버지 할머니를 보았는데···. 이럴 수가! 내가 더 키가 크다. 할머니가 많이 컸다고 하셨다.

# 구제역

이제 좀 따뜻해졌으면 좋겠다는 생각이 들 정도로 춥다.

구제역 때문에 세상이 시끄러워졌다. 구제역이란 발굽이 있는 가축이 걸리는 병이다. 구제역 때문에 요즘 고기도 잘 먹을 수 없다. 구제역은 작년 11월 말 안동에서 시작되어 전국을 휩쓸고 있다. 감염경로도 확인되지 않아 야생동물도 안전하다곤 말할 수 없다. 구제역이 얼마나 위험한지 드라마 보는데도 구제역을 조심해야 한다는 대목이 나왔다. 빨리 구제역 해결 방법이 나와서 안심하고 살았으면 좋겠다.

무심코 공책을 넘기던 손이 잠시 멈칫했다. 나는 지금까지 얼마나 비슷한 재난과 경험을 반복하면서 인생이란 노트를 써 내려왔을까. 정말 인생은 정답이 없다는 생각이 들었다.

- ☆ -
**세상은 바람 잘 날 없었어도, 어린아이 눈에 비친 삶은 따스했다.**

4부

# 인간의
# 최종 목적인 행복

# 컨택트 상황

사람은 종종 나와 다른 사람에게 끌린다. 끌리면, 소통하고 싶다. 소통의 사전적 의미는 뜻이 서로 통하여 오해가 없다는 뜻이다. 유럽인과 결혼한 친구가 있다. 고향이 그립지 않으냐고 물었더니, 잘 지내고 있다고 하면서도 시간이 지날수록 이웃과 손에 닿지 않는 부분이 있어 긴장하게 된다고 했다. 아무래도 서로 다른 문자권의 사람이 만나면 으깍이 나기 쉽다.

문자 소통하면 영화 <컨택트>가 떠오른다. 외계인과의 소통을 말하는 진부한 영화이지만, 그 진부함이 오히려 세상을 새롭게 보는 눈을 선물한다. 외계인 자리에 다른 민족, 가족, 친구, 동료, 연인 등으로 바꾸어 넣어 보아도 좋으리라는 생각이 들었다. 우리와는 전혀 다른 의식 체계를 가지고 있는 외계인과 언어학자인 주인공 루이스는 어떻게 의사소통을 할까. 대부분 무기로 공방하는 SF 영화와 달리 잔잔한 음악과 섬세한 언어가 오감을 자극한다.

영화의 첫 화면은 지구에 착륙한 대형 우주선으로 시작한다. 그런데 특이하게도 그 우주선은 완만한 포물선 형상이다. 마치 안경 렌즈 같다. 첫 장면부터 호기심을 자극하고 그들과 소통이 잘 될 것 같은 예감이 들었다. 창작에서 예감은 빗나가야 제격인가. 해괴하게 생긴 외계인이 휴먼에게 의문의 신호를 계속 보내지만, 휴먼은 그것을 해독 못한다.

그들이 보낸 첫 기호는 원이다. 문어발 같은 촉수에서 뿜어내는 먹물이 허공에 새긴 기호. 과연 어떤 의미를 전달하고 싶은 것일까. 그 기호는 원을 그리다가 군데군데 먹물을 뚝뚝 떨어뜨려 튄 흔적 같은 퍼짐으로 메시지를 전하고 연기처럼 사라진다.

휴먼으로서는 해독하기 힘든 낯선 선형 언어다. 허공을 종이 삼아 기호를 새기는 외계인의 사고. 인간의 지능을 훨씬 뛰어넘은 듯 보이지만 지구에 대한 공격 의사가 없다. 하지만 각 대륙에서 중구난방으로 떠들어대는 지구의 인간이 자칫 그 문자를 잘못 해독하면, 한순간에 전쟁으로 갈 수 밖에 없는 상황, 아니 지구가 멸망할 수도 있는 상황이 아슬아슬하게 전개된다.

영화는 컨택트 상황이다. '컨택트'는 펜싱에서, 경기 중의 두 사람이 접촉한 채로 무기를 사용할 수도 떨어질 수도 없는 긴장 상태를 말한다. 루이스는 외계인과 소통할 방법을 찾았을까. 외계인은 언어는 무기라고 생각하고, 그녀는 사용하는 언어가 사고방식을 결정한다고 생각한다.

신선한 것은 외계인의 언어가 시간을 관통한다는 설정인데, 그들의 언어를 사용하면 과거와 미래를 볼 수 있다. 흠, 그러고 보니 시간이란 개념은 인간이 편의상 사용하는 개념이다. 우주의 연속된 일정한 빠르기의 무한한 흐름을 시, 분, 초 단위로 나누어 시간이라고 명명했다. 인간에게 시간은 (인생을 보았을 때) 운명처럼 시작과 끝이 있지만, 외계인의 시간 개념은 원형이다. 그들의 시간은 시작과 끝이 없이 한없이 돌아간다. 영화이므로 어떤 설정도 가능하리라.

과거와 현재와 미래가 겹치는 세상, 이것이 바로 이 영화의 묘미다. 미래를 알면 현재가 재미없을 것 같지만 정말 그럴까.

외계인의 대사 중 지구에는 딱 한 사람의 지도자가 없다는 대사가 특히 인상 깊었다.

"아, 그러고 보니."

외계인의 눈으로 보면 지구인은 다 같은 휴먼일 터이다. 지구에 수많은 인종과 언어가 존재한다. 그러나(그러므로) 휴먼은 중구난방으로 소통하지 못한다. 어떤 기호 문자든 결국 소통이 가능해야 의미가 있는 것이 아닐까. 루이스는 외계인의 언어를 해독하고 지구의 미래를 보았을까.


SF 영화의 결말은 꼭 지구를 구하는 위대한 영웅을 탄생시키고 끝난다. 잔잔한 엔딩 음악이 물결처럼 흐르자 자막이 올라가며, 수많은 스태프의 이름이 흐른다. 영화 한 편을 제작하기 위해서, 이렇게나 많은 분야의 사람들이 애쓰는구나(관객도 스태프). 절대 혼자서는 살아갈 수 없는 세상이다.

- ☆ -
**컨택트 상황일수록 촉수를 곤두세우기보다 호흡을 가다듬어야 한다.**

# 말(言)의 고삐

사람들은 언제부터 말(言)을 칼(刀)에 비유했을까. 요즘은 그에 더해서 말이 새털처럼 가볍다는 생각이 든다. 말도 유행의 바람을 타는지 가상의 공간을 훨훨 날아다닌다. 한번 날아간 새털은 너무 가벼워서 좀처럼 다시 주워 담기 힘들다. 무심코 뱉은 새털은 가볍게 날아다니지만, 누군가의 가슴을 평생 짓누르는 무거운 돌덩이가 되기도 한다.

지인 중에 아리따운 목소리로 시 낭송을 잘하는 낭송가가 있다. 낭송에서는 둘째가라면 서러울 정도로 잘하는데 노래만 시키면 주눅이 들며 손사래를 친다. 시 낭송 또한 노래처럼 발성과 관련된 예술이다. 노래를 부르듯이 호흡과 강약을 조절해서 감정에 호소하는 것이 닮았기 때문에 당연히 잘할 것 같았다.

"평생, 딱 한 번 불러봤어요."
그녀가 누군가를 원망하는 듯한 톤으로 말했다.
사연을 들어보니 음악 평가 시간에
"너는 남 앞에서 절대 노래 부르지 마라."라는 말을 들었단다. 학생 때 들은 이 말 한마디 때문에 평생 남 앞에서 노래를 부르지 못할 것 같다고 했다. 수많은 시간이 흘렀어도 말고삐에 매여 벗어나지 못하고 있는 그녀를 보자 이런 이야기가 떠올랐다.

　"처음 고삐에 발을 매인 어린 말은 마음대로 움직이지 못한다. 성장해서 고삐를 끊어버릴 정도로 힘이 생겨도 심지어 고삐를 풀어 주어도, 평생 그 보이지 않는 고삐에서 벗어나지 못한다."

　보이지 않는 말의 고삐에 매였어도 그녀만큼 말(言)의 리듬을 잘 이해하는 이는 드물다. 칭찬의 말도 낭송처럼 기분 좋게 한다. 그녀는 가볍게 말의 깃털을 날리기 전에 꼭 한 번 더 생각하는 사람이다. 자신이 입은 상처를 교훈 삼아서 함부로 가볍게 말의 깃털을 날리지 않는다. 가끔 새털처럼 가벼운 말을 펄펄 날리고 싶은 욕구가 이는 날에는 말의 고삐를 생각하며 눌러야겠다.

- ☆ -
**가벼운 말일수록 무거운 무게를 숨기고 있는지 모른다.**

# 사람에게서 나는 향기

    사람에게서 나는 향기란 바로 그 사람이 살아온 길이 아니겠는가. 친구 중에 나름 성공한 경영인이 있다. 그 친구를 보면 라일락꽃이 생각난다. 라일락은 결코 은은한 향기를 내는 꽃이 아니다. 한여름에 짙은 향기를 정열적으로 뿜어내는 꽃이다.

    매체를 통해 친구에 관한 소식을 접할 때도, 같이 차를 마실 때도(그 계절이 겨울철이라도) 그 향기를 맡는다. 여럿이 함께 있어도 그녀의 짙은 향기에 취한다.

    자수성가한 사람의 성공담을 들을 때면 니체의 이런 말이 떠오른다.

    "높은 곳에 오르려면 자기 발로 올라가라. 남에 의해 운반되어서는 안 된다."

    성공을 향한 그녀가 겪었던 시련을 통해 우리는 참으로 많은 것을 느낀다. 어린 시절부터 역시 그릇이 남달랐다는 느낌이 들 때도 있지만, 무엇보다 삶에 대한 끊임없는 도전과 열정에 감동한다.

누구나 성공할 수는 없다. 성공의 가치 기준도 저마다 다르므로 무엇을 성공이라고 단정하기도 힘들다. 단, 어느 분야에서나 성공한 사람들에게는 공통적인 특징이 있다. 바로 사람을 소중히 여긴다는 점이다.

그런 사람들과 대화하다 보면 무척 인연을 소중히 여긴다는 것을 알 수 있다. 이것을 반대로 생각해보면 왜 그런 사람이 더 존경받는지 훨씬 쉽게 다가온다. 자신을 존중해주는 사람을 싫어하는 사람은 없을 터이다. 그런 사람들은 무엇보다 글쓰기를 통한 소통을 좋아하는 것 같다.

글쓰기보다 세상에는 귀하고 값진 것이 너무나도 많을 것이다. 가장 귀하고 값진 것을 하나 꼽으라면 나는 무엇을 꼽을 수 있을까.

돈?　　　　　　　　명예?
　　　　사랑?
우정?　　　　　　　권력?

수없이 의문표가 달린다. 사람의 생명이 영원하다면 오히려 그에 대한 고민이나 의미 부여도 단순 명쾌하리라. 그런데 모든 유한한 생명체 중에서도 인생은 긴 편이 아니다. 내가 태어났을 때 있던 은행나무는 이미 그때 수령 구백 살을 넘겼었다. 뿐인가. 천년 주목이라 하지 않던가.

그러나 아무리 인생이 짧다고 해도 고귀한 인생을 나무 위를 지나치는 바람 정도로 생각할 수는 없다. 크게 보면 사람으로 태어나서 세대로 이어져 내려온 삶이다. 무엇보다 가장 귀하고 값진 것은 이승에서 다양한 방식으로 맺고 가는 인연이라는 생각이 든다.

- ☆ -

좋은 인연은 만들어가는 것이다. 하지만 인연이란 풍향계는 예측하기가 쉽지 않다. 바람에 따라 수시로 방향을 달리하기 때문이다. 간절할수록 때론 꿈쩍도 하지 않고 원하는 방향대로 계속 돌아주지 않는다. 내게 스친 인연도 늘 원하는 방향으로 돌아가길 기대하고, 좋은 일만 있기를 기대해도 그렇지 못할 때가 많았다. 하지만 아무리 풍향계의 방향이 달라져도 사람이 지닌 향기는 풍겨 난다. 좋은 사람은 좋은 책이 주는 여운 같다. 오랫동안 향기가 사라지지 않는다. 향을 쌌던 종이처럼.

# 멀리 보며 긋는 줄

날이 더우니 이런 게 생각난다. 한여름 운동장에서 하던 물놀이다. 교실에는 음료용 물을 담아 두는 노란 대형 주전자가 있었다. 이 주전자에 한가득 물을 담아서 운동장에 줄을 긋고 논 적이 있다.

처음 줄을 그을 때는 물의 무게로 줄의 시작이 울퉁불퉁하다. 또 시선을 멀리 두고 달리지 않으면 엉뚱한 곳으로 갔다. 목표점에 시선을 고정하고 달려 나아갈 때 곧은 선을 그릴 수 있었다. 주전자의 무게가 점점 가벼워져서 걸음이 빨라질 때도 마찬가지다. 발끝을 보며 뛰다가 금이 엉뚱한 방향으로 가면 속도보다 중요한 것은 눈의 방향이라는 것을 바로 알아차리고 멀리 시선을 두었다. 시선을 멀리 두고 주전자 꼭지에서 나오는 물의 양과 걸음의 속도를 조절하면 적당한 굵기의 곧은 선을 그릴 수 있었다.

삶도 널따란 운동장에 물주전자로 선을 긋는 것과 같다. 누구나 출발과 도착이 있는 운명의 줄을 긋는다. 널따란 운동장을 세상이라고 하면 이 세상에 자신이 원하는 곳에 이정표를 세워서 금을 그으며 출발한다. 이때 굵직한 목표를 성큼성큼 이루어가는 사람이 있다. 또 주어진 환경은 열악했지만, 열심히 살다 보니 목표에 가까이 다가갔다는 사람도 있다. 어느 쪽이든 가치 척도가 분명하다면, 그 과정이 구불구불한 곡선이라도 얼마나 보람될까.

그러나 물의 양을 수도꼭지처럼 정확하게 조절하는 뛰어난 능력의 소유자라고해도 반드시 시선을 멀리 두어야 목표를 향해 다가가는 방향이 흔들리지 않게 된다. 발이 시선을 놓치면 다른 곳으로 가기 십상이다. 그러나 아무리 똑 바른 줄, 심지어 자를 대고 그은 금도, 확대해서 보면 요철로 이루어져 있다.

나는 종종 금을 확대해서 요철을 보며 자신을 힘든 상황으로 몰고 가지는 않았는가. 요철이 많은 금도 멀리서 보면 그냥 곧은 줄이다. 멀리 본다는 것은 설사 울퉁불퉁 삐뚠 곡선으로 금을 그었더라도 방향을 잃지 않고 끝까지 목표를 향해 꾸준히 갔다는 의미를 내포한다.

- ☆ -
**얼마나 다행인가. 잠깐 잘못 들은 길을 갔다 해도, 자신이 세웠던 가치를 상기하고 방향을 찾아가면 된다는 것이.**

# 인생의 황금기

인생에서 황금기는 언제일까. 3·40대만큼 빛나고 보람된 시절이 있을까. 다직해야 20년. 후딱 지난 것 같다. 이 시기에 가치 있게 밥술을 잘 해결하고 성실하게 살아내야 5·60대에 달콤한 결실을 거두어 나머지 인생도 잘 살게 된다.

30대의 사진을 넘기다 보면 독사진은 거의 없다. 지금 생각하면 그 시절을 더 즐기고 화색이 돌게 웃어도 좋았으련만. 이 시기에 애들은 더없이 예쁘고, 부모님은 아직 건강하고, 본인의 외모도 매력으로 봐줄만했다. 한마디로 희망이 부푼 시기였지만, 이 시기는 경제적으로도 불안정하고, 아이들이 어려서 힘든 시기였다. 마음의 여유가 부족했으므로 찰나처럼 휙 지나간 것처럼 느끼는 것이리라.

비바람이 세차던 날 백두산 정상에 오르던 일이 생각난다. 그런 순간마저 없었다면 허무했으리라. 이제야 진한 인생 여정으로 다가온다.

비포장 길로 백두산까지 간 것도 중국을 통해 그곳까지 간 것도 의미 있게 다가온다. 더욱이 정상을 향한 길은 더 험했다. 지나온 인생만큼이나 변덕스러운 날씨는 금방 맑았다 비로 변해서, 큰 비바람이 몸에 붙어있는 천 조각을 모두 떼어낼 기세로 불어 닥쳤다. 자칫하면 우비가 날개로 변할 판이었다.

같은 일행 중, 5·60대로 보이는 실향민 남자들이 주고받는 농담을 그냥 흘러듣기엔 애잔함이 있었다.

"날아가서 삼나무에 착 달라붙어 버린다면 차라리 좋겠다."
"비는 금방 그칠 걸세. 언제 여길 다시 와 보겠나."

가이드에게 힘들지만 예정대로 진행해 달라는 말이었다. 이미 정상에 올라갔다가 내려오는 사람들을 보고 부러움과 시새움이 치밀어 오르기도 했으리라. 결단력 있는 30대 가이드였다. 지금생각하면 고마운 결정이 아닐 수 없다(다시 그 곳에 가기까지 25년이 걸리기도 했지만, 그 사이 애들은 둥지를 떠나 동행하지 못했으므로).

첫 가족여행. 점점 사나워지는 비바람에 때로는 그 분들보다 먼저 포기하고 싶은 순간도 있었다. 그래도 애들을 보니, 정상에 도달해 보는 것이 무슨 큰 과제처럼 여겨졌다. 마침내 정상에 올라 빨간 글씨가 쓰인 비석을 잡고 사진을 찍던 그 찰나의 순간, 천지(天池)는 보이지 않아도 상관없었다.

달에 발자국이라도 찍은 듯, 성취감에 젖어서 소리도 질렀으리라. 머리카락이 사방으로 흩어졌지만, 그렇게 크게 웃어 본 적이 없는 것 같다. 지금 봐도 비석 뒤로 보이지 않는 운무 속 절벽이 아찔하다. 그 일은 40대를 살아가는 원동력이 되었다.

휴대 전화기 첫 화면으로 그 순간을 꺼내 놓았다. 40대까지도 내 독사진은 찾아보기 힘들다. 애들이 커가는 모습을 담아 앨범에 정리하고, VCR 테이프를 만들어 놓고, CD에 구어 저장하던 습관을 지속했다. 두고두고 보려고 그렇게 공을 들였지만, 이후 사느라 바빠서 정작 잘 보게 되지 않았다. 오히려 조그만 액자에 넣어 벽에 걸어 놓은 것은 지금도 오며 가며 보게 된다.

인생도 그런 것 같다. 무엇이든 노출의 기회가 많아야 기억하듯이 시간도 공들여 저장만 해 놓으면 무엇하랴. 틈틈이 시간을 꺼내가며 살아야겠다.

이제 아이들은 내 품을 벗어나고, 부모님들은 세상을 떠나가고 어느새 변해버린 외모는 더 이상 매력적이기 힘들다.

흠, 세월 혼자 저만치 갔는가. 마음은 왜 따라서 늙지 않는지 허탈해 하는 사람도 있고, 마음만은 이팔청춘이라고 말하는 사람도 있다. 그러나 그건 괜한 헛말인 것 같다. 몸도 마음도 다시 3·40대로 돌아갈 수 없다.

- ☆ -

세대에 맞게 각각 시간을 다른 방식으로 살아가야 한다. 애들이 큰 만큼 세월의 깊이가 느껴진다. 인생의 황금기는 생각하기 나름이다.

# 찰나와 겁

　시간의 길고 짧음을 비유할 때 겁과 찰나를 쓴다. 찰나는 흔히 듣는 단어지만, 겁(劫)은 참 놀랍다 못해 신비롭다. 도저히 인간이 헤아릴 수 없는 긴 시간이다.

　겁이란 둘레 사방 사십 리 되는 바위 위에 백 년마다 한 번씩 하늘의 선녀가 내려와, 그 위에서 춤을 추는데, 그때 선녀의 날개 옷깃이 스쳐서 그 바위가 다 닳아 없어져도 일 겁이 안 된다.

- ☆ -
부부의 인연은 칠천 겁. 부모와 자식의 인연은 팔천 겁. 형제자매의 인연은 구천 겁이다. 옷깃만 스쳐도 인연이라고 하지 않던가. 인생은 찰나이고 모든 인연은 소중하고 영원하다. 되도록 서로를 위해 복을 심고 가꾸는 찰나의 추억을 많이 만들면서 살아가다 보면 어떤 정상에든 닿아 있으리라.

# 포근한 매화

매화의 아름다움을 노래하며 인생을 돌아보는 글이 많다. 매화는 시대가 변함에도 불구하고 여전히 영탄의 대상이 된다. 추위를 이겨내고 꽃을 피우는 봄꽃 중에서도 지조와 높은 인품을 상징하기 때문이다.

김용준의 ≪근원수필≫ <매화>(1948)에는,

"세인이 말하기를 매화는 늙어야 한다고 합니다. 그 늙은 등걸이 용의 몸뚱어리처럼 뒤틀려 올라간 곳에 성긴 가지가 군데군데 뻗고 그 위에 띄엄띄엄 몇 개씩 꽃이 피는 데 품위가 있다고 합니다."

라는 표현이 나온다. 실로 수묵화 한 점 속에 나오는 고색창연한 나무를 보는 듯하다. 하지만 주변에서 어디 이런 매화나무를 쉽게 볼 수가 있는가. 유서 깊은 사찰에 가기 전에는 그런 감상에 젖기 쉽지 않다.

요즘은 벚꽃만큼 매화도 대중화되었다. 공원에서 자두나무와 산수유나무 사이에서 꽃 몽우리를 달고 있다가 살짝 꽃을 피운 매화를 보았다. 등걸이 휘어 뒤틀리지 않고 곧은 몸매에 화사하게 꽃을 피웠다. 가지마다 송송히 돋아난 연한 꽃잎에서 선비의 칼날과 같이 곧은 절개보다는 어린아이의 천진무구함을 느낀다. 솜처럼 포근하다.

예나 지금이나 가벼움을 버리고 살아가기는 힘들다. 세월만큼 뒤틀린 옹이에 붓으로 찍어 놓은 듯 피는 꽃도 좋지만, 너무 고상하지 않고 편한 눈으로 볼 수 있는 매화도 좋다. 매화가 푸른 하늘을 배경으로 가볍게 산책하는 발걸음에 위안을 준다. 가지 끝에 걸린 구름도 목화솜처럼 가볍다.

- ☆ -
세월 따라 구름 따라 꽃의 의미도 달라진다. 매화의 포근함이 포근한 날씨에 얼굴을 내민 날. 매화향이 날 듯 말 듯 바람 색도 엷다.

# 마음의 뿌리

챙그랑 챙그랑···.

풍경소리가 맑게 울려 퍼진다. 사찰 공간은 상당히 매력적이다. 은은한 나무 향이 서린 건축물을 보노라면 우울한 기분이 시나브로 줄어든다. 사람마다 마음을 잡지 못하고 조바심이 나면 푸는 방법이 다르다. 나는 조용한 곳을 주로 찾는다.

사찰의 조용하고 청결한 공간을 울리는 풍경소리는 사념의 혼돈 속에 내리는 한줄기 시원한 단비와 같다. 새벽에 눈을 뜨니 영감이 떠올라, 빈 노트에 향나무 연필로 사각사각 글을 써 내려가는 소리 같다. 반드시 바람이 불어야만 소리를 내는 풍경(風磬).
단, 사찰 처마에 매달린 풍경은 어떤 바람이 불어와도 한결같이 좋은 소리를 내는데, 마음속에 매단 풍경은 일정한 소리를 내지 못한다. 어떤 땐 어떤 바람도 불지 말고 고요하길 바라고, 너무 고요하면 오히려 불안할 때도 있다(풍경이 좋은 소리를 낼만한 적당한 세기의 바람만 불어왔으면). 처마에 매달려 있는 풍경을 올려다보면서 청량하게 한번 울려주기를 바란다.

불교 경전 중 하나인 아함경에는 이런 말이 있다.

"두 번째 화살을 맞지 마라."

어쩔 수 없이 첫 번째 화살은 맞았지만 두 번째 화살은 맞지 말라고 하셨다.

첫 번째 화살은 무엇을 의미하는가?

그것은 바로 내가 피해 갈 수 없었던 일이다.

두 번째 화살은 무엇을 말하는가?

앞서 일어난 행위에 대해 마음의 뿌리를 내리는 일이다.

어떤 감정을 취하려고 하는 것도 버리려고 하는 것도, 마음에 집착이라는 뿌리를 내리는 일이다. 내게 좋고 유리한 것은 가지려 하고, 싫고 불리한 것은 피하거나 버리려 하는 마음을 말한다.

두 개의 화살을 맞으면 더욱더 아프듯이, 몸의 느낌과 마음의 느낌을 가지고 마음에 뿌리를 내리지 말라 하셨다.

나는 이제껏 두 번째 화살을 맞고 더 신음하며 살아왔다. 화살의 본질은 '누가 나한테 상처를 줬다'라고 할 것도 없음을 아는 일이다.

- ☆ -

**챙그랑 챙그랑 · · · ·**

# VIP 신드롬

 

누구나 자신이 하고 싶어서 하는 일엔 열과 성을 다한다. 대부분 열성을 다하면 원하는 것이 이루어지지만, 어떤 것은 집착하게 되고 집착할수록 자신이 생각했던 방향으로 가지 않는 경우가 있다. 마음에서 열망하는 일일수록 믿음으로 지켜보는 것이 더 중요하다. 왠지 더 잘하고 싶은 일은 힘이 더 들어가면서 실수가 잦지 않던가.

영상의학 전문의인 친구가 있다. 어느 날 내가 내 속 좀 봐달라고 했더니, 맘 좋은 친구는 흔쾌히 수락했다. 그러더니 VIP 신드롬이라는 게 있다는 것이다. 그게 뭐냐고 물었더니, 환자와 친분이 있는 의사가 더 잘하려고 배려하려다가 꼭 필요한 절차를 생략한다든지, 썩 필요하지 않지만, 환자가 원하는 처치를 하다가 결국 환자가 피해를 보게 되는 경우라고 했다. 참 안타까운 일이다. 충분히 공감이 갔다.

- ☆ -
**일에서든 운동에서든 하물며 친분조차도 적당히 힘을 빼는 게**
**가장 어려운 것 같다.**

# 마음의 힘 빼기

집에 이중섭 그림이 한 점 있다. 복사본인데 어린이와 게가 노는 그림이다. 제주도에 갔던 지인이 이중섭 미술관에 들러 몇 점 사 왔다며 주었다.

이중섭 하면 <소>라는 작품을 연상한다.

나는 <소>의 그 붓 터치감을 좋아한다. 특히 순해 보이는 얼굴과 목덜미의 곡선. 뼈대를 이루는 굴곡에 골계미가 넘친다. 그는 곡선으로 마음을 다스리며 그 곡선에 외로운 마음을 묻기도 하고 곡선으로 고뇌를 위무하기도 했다. 애절한 심상이 붓끝의 절제된 곡선으로 다가온다. 일본인 부인과 떨어져 지내며 제주에서 예술로 혼을 달래던 그.

문득 일본에서 외롭게 지내던 시절이 그림에 포개졌다. 일본인들 속에서 한국인으로 지내던 때, 자존감과 자존심을 잃지 않으려 무지 애쓰며 살았다. 딸아이 유치원 발표회에 색동 치마저고리를 입혀 보내고, 전통 축제인 시치고산 축제 때는 기모노 대신 다른 옷을 입혔던 것 같다.

실크로드와 다르지 않으리라. 조선통신사가 일본에 문명을 전해주던 루트를 생각하면 저절로 허리가 꼿꼿해졌다. 너무 힘을 주고 살았던 듯하다.

가난과 질병 속에서도 그림에 몰두해야 고통을 잊고 살아갈 수 있었던 영혼이 이중섭이다. 6·25 전쟁 후 일본으로 보낸 아이들과 부인이 그림자로 담겨 있는 그림이 참 많다. 혼자 고국에 남아 가족을 그리워하는 작가의 심상이 한 끗 한 끗 붓끝에서 짠하게 전해온다.

물고기와 노는 두 아이.

닭과 가족.

소, 나무, 새, 아이, 집, 해, 달 등 생각만으로도 정겨운 대상에 우리의 정체성을 가미해서 굵직한 선으로 혼을 구현한 작가.

- ☆ -

좀 마음의 힘을 빼고 살았더라면 오래 살았을까(예술가로서는 한창의 경지인 39세에 운명했다). 흠, 아니다. 힘을 뺐으므로 그런 곡선이 나왔으리라. 모든 경지의 구현은 힘 빼기가 구할이라고 하지 않던가.

# 마음속 성난 코끼리를 끌어내고자

　마음속 코끼리를 끌어내고자 애썼던 때가 있다. 신문사 신춘문예에 도전을 시작할 당시, 수필 100편 쓰기 계획을 세웠다. 길든 짧든 그동안 축적해 온 삶의 경험과 사유들을 어떤 목표를 세워서 적어 보고자 했다. 우선 소재를 머릿속에서 끄집어내서 형상화하는 작업을 시작했다. 힘이 들어가니 잘 쓰려고 하면 할수록 더 못쓰겠고, 비장한 마음과 달리 자꾸만 의지가 약해져 갔다. 이럴 때 읽으면 좋은 책이 있었는데····.

　'새 술은 새 부대에 담는다'는 말이 있다. 강변에서 살다가 애들을 따라 산 쪽으로 이사 가면서, 먼지 쌓인 책들을 모두 정리해서 재활용 터에 내놓았다. 그리곤 곧 '미련한 인간이 바로 나임'을 깨우치고 곧바로 버린 곳으로 가 봤다. 모든 뭉치가 이미 싹 사라지고 없었다. 이사하면서 굳이 책까지 정리할 필요는 없었는데, 그때 내 마음은 헌 냄새가 나는 모든 것이 다 싫었다.
　그 책들이 내게 끼친 영향이 컸다. 인생 지침서, 별자리, 공부방 풍수지리에 관한 책을 보면 더욱더 그렇다. 삼 남매를 키우며 갈팡질팡한 마음이 갈 방향을 몰라 얼마나 헤매었던가. 황량했던 마음을 대변하고 있는 책들이 많았다. 못나도 내 인생의 단편들인데 뒤늦게 후회가 됐다.

현실은 지속된다. 이사 와서 다시 마음의 편린들이 쌓이기 시작했다. 하나둘 구입한 책들이 책장 열 칸 정도에 빽빽이 꽂혔다. 내 인생사, 각각의 사연이 또 쌓여갔다. 인생의 애환들이 책 제목과 뒤섞여서 말이다. 헌책은 이미 정리했으니, 최근에 사들인 책일 텐데도, 도무지 이 책을 왜 샀는지조차 떠오르지 않아 머리를 갸웃거리는 제목도 있다.

서점에 가면 수만 가지 제목을 달고 있는 책들을 본다. 어떻게 인간은 저런 생각을 하고 이처럼 새롭게 생각할 수 있는가. 하늘 아래 새로운 것은 하나도 없다고들 말하지만, 책 제목을 보면 인간의 사고란 무한하다는 생각이 든다.

수필 100편의 소재를 찾고 제목을 달기가 쉽지 않았다. 지난 삶을 반추하며, 희비애락에 빠지다 보면 척추에 제일 먼저 무리가 왔다. 예나 지금이나 글은 엉덩이 힘에서 나왔다. 그럭저럭 견딜만했다.

그러나 마음이 앞서가니 글이 잘 써질 리가 만무했다. 그래도 꼭 재활병원에서 스테로이드 진통제를 맞고 써갔는데, 다리를 꼬고 앉는 좋지 못한 습관 때문에 그 효과는 길지 못했다. 그럴 때 툭툭 털고 산책하러 나가면 좋겠지만, 벌렁 드러눕게 된다. 누우면 책장의 책이 보였다. 멍하니 쳐다보다 보면 생각이 반짝할 때가 있다. 책과 그 인연 된 글 밥이 새록새록 말을 걸어왔다. 그것을 놓치지 않으려고 낚싯대를 낚아채듯 다시 벌떡 일어나 앉곤 했다.

막상 다시 앉아도 어떨 땐 글쓰기에서 특히 경계했던 만연체로 쓸데없이 길어지기도 하고, 현실이 고단한 만큼 지난 시간을 아름답게

꾸미고자 화려체가 되기 일쑤였다. 가무리고 싶은 부분이 많았다. 거북한 것은 슬쩍 피해가고 돌아가고 생략했다. 부끄러워서 솔직해야 하는 경지를 넘어서지 못해서 이리라.

일단 책상 앞에 앉기까지가 어려웠다. 앉기만 하면 가나다라처럼 서툰 글이나마, 되지 않은 문장이나마 써지지 않던가. 거북목은 심해지고 척추는 휘어지며 몸은 점점 망가져 가는 대신에, 미숙한 글을 쌓아가지 않던가. 참 한심하다는 생각이 들던 때가 많았다. 다음날이 되어 퇴비로 숙성시켜야 할 엉성한 건초더미 같은 글을 보면 더 그랬다. 죽이 되든지 밥이 되든지, 우선 써보는 것이 중요하다는 것을 알고는 있었으니 그런 계획을 세웠으리라.

흠, 오늘 그때 쓴 글 밥 서랍을 열어보았다. 오히려 그때의 글에서 더 용기를 얻기도 한다. 마음속 성난 코끼리를 다스려보자고 주문을 건 흔적들이 곳곳에 묻어있다. 나이를 더 해가면 서툰 고집도 더해 간다. 코끼리만큼이나 큰 고집은 헌책을 버리는 것처럼 단순한 일이 아니다. 다스려지지 않는 인간의 마음은 길들이지 못하는 '큰 코끼리'만큼이나 위험하기 때문이다.

그때 왜 100이란 숫자에 그렇게나 집착했을까. 百은 '많다'라는 뜻을 가지고 있으니 무조건 많이 써보고자 했을 것이다. 또 괜히 완전해 보이는 100에 화풀이했나 싶기도 하다.

베르나르 베르베르 작 '웃음'에 관해 쓴 글을 읽어본다. 웃음을 터트리면 죽는다고 했는데, 평생 목 매달 수필이 되었다. 이 책에서 인상에 남은 좋은 글을 적어 놓았다.

"일리가 있는 규칙이군요. 텅 비어 있는 것을 경험해 봐야 가득 찬 것의 가치를 알게 되죠. 수도사들은 말하는 것의 기쁨을 알기 위해 침묵 서원을 하고, 음식의 참맛을 알기 위해 금식을 합니다. 또한 정적을 알아야 음악을 제대로 즐기게 되고, 어둠을 경험해야 색깔의 참된 가치를 이해하게 되죠."

- ☆ -

현실의 아픔을 비껴가야할 때가 있다. "나는 제대로 코끼리를 잘 부리고 있는가?" 종종 가야할 길의 방향을 잃고 있을 때 윗글을 생각한다.

# 인간의 최종 목적인 행복

나는 언제 행복할까.

이런 생각을 해 본 적이 있으십니까. 우리는 왜 끊임없이 자기 계발을 하며 공부를 할까요. 하나씩 차근차근 단계적으로 생각해 봅니다. 학생 때는 시험을 잘 보려고 공부를 했습니다. 그렇습니다. 성적을 위해서 참 열심히 살았지요.

그렇다면 왜 시험을 잘 보려고 했을까요? 대학을 잘 가려고. 그러면 왜 대학을 잘 가려고 했을까요? 취직을 잘하려고. 돈을 잘 벌려고. 돈이 없으면 시집 장가도 못 가니까요. 돈이 있어야 결혼식도 하고 자식도 공부시키고 하잖아요. 이렇게 쭉쭉 물어가며 확장해 가다 보면, 결국 돈 벌고 자식 낳고 또 그 자식을 공부시키고 결혼시키고 그러다 보면 나이가 점점 들어 죽는다는 답이 나옵니다. 그럼 우리는 죽으려고 이렇게 열심히 공부하고 있는 셈이 됩니다.

너무하다고요? 그럼 다른 방식으로 질문을 해볼까요? 자, 이제 다시 물음표를 던져 보겠습니다. 자, 잘 받아보십시오.

우리는 왜 친구들과 놀지 않고 이 시간에 온라인 강의를 듣고 책을 펼쳐놓고 있나요? 잘 먹고살기 위해서라고 생각하는 사람이 있을 겁니다. 또 어떤 사람은 행복하기 위해서 열심히 공부한다고 말하는 사람도 있겠지요.

왜 잘 먹고 행복하려고 할까요? 이런 의문을 가진 적이 있으십니까? 아리스토텔레스가 이런 말을 했습니다. 우리는 모두 행복하기를 원하고 또 행복하려고 공부하고 있다고. 행복하고 싶은 것에 다른 이유는 없다고. 그는 행복이 인생의 최종 목적이라고 말합니다. 성적, 학력, 취직, 돈벌이 등등은 보다 더 큰 목적을 위해서 수단으로 사용되는 중간 목적들이라는 것입니다.

최종 목적이란 절대 다른 수단이 되지 않으면서 바로 그 자체 때문에 추구되는 것을 말합니다. 또한 이런 최종 목적은 다른 것이 이루어졌을 때 따라오는 것이 아니라, 자기 안에 만족의 이유를 가지고 있어야 하므로 스스로 만족하게 여기고 만족해야 합니다. 그러므로 인간의 최종 목적인 행복은 돈이 될 수는 없다는 얘기가 되는 겁니다.

돈, 굉장히 중요하고 좋은 것입니다. 다만, 돈은 교환 가치만을 가지고 있을 뿐입니다. 돈은 다른 물건과 교환하는 것이 목적입니다. 그는 쾌락이나 명예도 단기적이어서 궁극적이거나 자족적일 수 없다는 이유로 최종 목적이 아니라고 말합니다. 행복은 우리에게 고유한 것이며 쉽게 박탈될 수 없어야 하는데, 명예의 경우에는 명예를 받는 사람보다 주는 사람이 더 결정적이기에 타자 의존적이어서 진정한 행복이 되지 못하다는 겁니다.

그렇다면 인간은 도대체 언제 행복할까요?

가장 중요한 인간의 최종 목적이 실현되었을 때, 즉 인간으로서의 기능이 가장 잘 발휘되었을 때에만 인간이 가장 행복할 것입니다.

- ☆ -

인간으로서의 기능이란 무엇일까요. 나는 '어떨 때 만족했었나' 나는 '어떨 때 만족할 것 같은가'를 생각해 봅니다.

하루 안에서, 한 달 안에서, 내 일생 안에서.

5부

순한 숟가락

# 20·30대의 시간-어떤 나무인가

 쏴 하고 소나기가 밀려와 숲을 닦고 갑니다. 빗줄기가 두드린 나뭇 잎에 햇살이 내려앉습니다. 숲에서 쏟아져 나온 산소가 푸른 내음에 실려 마을로 전해집니다.

 공기가 건조하고 미세먼지가 심할 때는 소나기가 너무 반갑고, 신선 한 산소를 내뿜어 주는 나무들이 곁에 있음이 더 감사합니다. 내가 아 는 산림학자는 사람을 나무와 잘 비유합니다. 유연하게 넘실넘실 세상 사 잘 넘기는 사람을 보면 버드나무 같다고 해요. 믿음을 주는 사람은 어떤 나무로 연상할까?

 사람을 나무에 비유하다 보면 '사람에 대한 안 좋은 선입견이나 편 견이 사라지는 것일까'라는 생각이 듭니다. 그 사람의 성격이 밝고 긍 정적인 것을 보면 말이죠. 어떤 나무나 다 한결같이 자기 특색이 있어 서 사랑받으니까요. 버드나무더러 소나무를 닮으라고 하거나, 소나무 더러 대나무를 닮으라고 하면 말이 될까요. 사람들이 다양한 삶을 살 아가는 것처럼 나무들도 자기만의 지혜로 생존전략을 펼치며 다양한 모습을 보입니다.

당신은 어떤 나무 같은 사람과 함께하고 싶으십니까.

아름다운 나무로는 반 고흐의 그림 속 아몬드 나무가 생각납니다. 흰 꽃에 눈이 부셨지요. 절 마당으로 오르는 길섶의 배롱나무는 너무 선연해서 갈팡질팡한 마음이 부끄러웠습니다. 어둠 속에서도 반짝이는 자작나무. 배흘림기둥이 되는 나무. 멋들어진 조형미의 소나무. 범접하기 어려워 저절로 두 손이 모아지던 대웅전 앞 은행나무. 지리산 정상으로 가는 길에 신비로운 상고시대의 뼈대를 보는 것 같은 느낌의 주목. 한 움큼의 빛만 있어도 알싸한 봄소식을 전해주는 생강나무.

30대에 든 사람을 보면 이런 나무가 상상되네요. 아무리 가지를 쳐내도 새로운 가지를 뻗고, 그 가지 끝에 향기로운 꽃을 피우는 나무가 있습니다. 그 꽃은 절대 썩지 않는 꿀도 품고 있어요. 바로 아카시아랍니다. 아무리 힘들 때라도 포기를 모르는 집념으로 꿈을 이어가는 아카시아 나무 같은 사람은 어떤가요.

생이 꼭 한 종류의 나무일 필요는 없겠지요. 인간에게 부여한 신의 가장 자애로운 선물은 자유(의지)가 아닐까요.

또 이런 나무는 어떨까요.

자신도 알지 못하는 사이 사람들을 행복하게 만드는 나무. 밝고 관대한 성격의 나무. 타인의 분노를 가라앉히고 유쾌하게 만드는 나무. 어떤 대가를 바라지 않고 진정한 이타심으로 존경받는 나무. 남모르는 선행을 베풀 줄 아는 나무. 자신의 직분을 알고 올바르게 처신할 줄 아는 나무. 늦되어 빛나는 사람을 연상시키는 나무.

- ☆ -

변화, 고민, 발견이 넘쳐흐르는 20·30대의 시간. 성장하려면 도전해야 하겠지요. 평생 한자리를 지키는 나무와 달리 자유롭게 움직일 수 있는 사람은 꼭 숙명처럼 짊어지고 갈 생의 무게가 있을 것 같아요. 나무 위로 토실토실한 햇살이 내립니다. 어떤 나무든 당신은 그 존재 자체로 빛납니다.

# 물웅덩이에 뜬 달


누구나 마음속 물웅덩이에 동심이 있다. '나의 살던 고향은'으로 시작하는 동요를 부르던, 강물을 거슬러 올라가는 연어를 연상하고 읊조리던.

동심은 늘 한자리에서 빛을 내는 북극성 같다. 동심은 때론 어떤 좋은 클래식보다 감동적이고 눈물을 글썽이게 만드는 만국 공통어가 된다.


"그 속에서 놀던 때가 그립습니다···."


제주도 소년 오연준이 남북 정상회담 만찬 자리에서 부른 동요가 그랬다. 하객들 모두 눈시울이 붉어졌다. 동심은 포근하기도 하지만 눈물샘을 자극하기도 한다. 13살 소년의 청아한 목소리에 그리움이라는 감정이 다른 색깔로 포개졌기 때문이다.

태어나면서부터 우물물을 먹은 사람도 빌딩 숲에서 시멘트만 밟고 성장한 사람도, 서로 다른 이념에서 성장한 사람도 향수는 비슷한가 보다. 누구나 떠나온 곳을 생각하면 기분이 녹녹해지고 마음이 평안해진다. 어머니의 자궁과 같은 무의식 속의 고향이라서 그런가.

김광석의 '바람이 불어오는 곳'을 소년의 청아한 목소리로 끝까지 천천히 음미해 본다. "뽀드득" 유리창 청소를 하며.

바람이 불어오는 곳 그 곳으로 가네
그대의 머릿결 같은 나무 아래로

덜컹이는 기차에 기대어 너에게 편지를 쓴다
꿈에 보았던 길 그 길에 서 있네

설레임과 두려움으로 불안한 행복이지만
우리가 느끼며 바라볼 하늘과 사람들
힘겨운 날들도 있지만 새로운 꿈들을 위해
바람이 불어오는 곳 그 곳으로 가네

햇살이 눈부신 곳 그 곳으로 가네
바람에 내 몸 맡기고 그 곳으로 가네

출렁이는 파도에 흔들려도 수평선을 바라보며
햇살이 웃고 있는 곳 그 곳으로 가네

나뭇잎이 손짓하는 곳 그 곳으로 가네
휘파람 불며 걷다가 너를 생각해

너의 목소리가 그리워도 뒤돌아 볼 수는 없지

바람이 불어오는 곳 그 곳으로 가네

창틈에 쌓인 곱은 먼지. 언제 이렇게 쌓여갔을까. 느끼지 못하고 지나가 버린 시간 같다. 잘 닦인 창으로 뽀얀 경치가 들어온다. 동심도 금방 닦아놓은 유리창 같다면 얼마나 좋을까.

때때로 동심은 웅덩이에 고인 물 같다. 기분이 좋을 때는 물 먼지가 스르르 가라앉아 맑다가, 첨벙 한 번 밟히기만 하면 금세 흙탕물이 되고, 한여름 땡볕에 바닥을 드러내기도 한다.

바람이 불어오는 곳, 창 너머 변화무쌍한 구름이 불현듯 다시 동심을 일깨운다. 오래간만에 피아노 뚜껑을 열고 지문 같은 동심의 악보를 따라가 보았다. 제주 소년이 얼룩진 유리창을 닦게 하고 마음에 제주의 푸근한 오름 같은 여백을 심어 주었나. 가슴속 웅덩이에 고인 물이 첨벙댄다. 애증 없이 순수하게 웃어본 게 언제던가. 웃음 뒤에 금세 무표정으로 돌아오지 않아도 되었던 때가 언제던가.

유년의 마당에 점벙 점벙 발을 디딘다. 마치 물장난을 치듯이. 변화의 속도를 따라가려 애쓰지 않아도 살아갈 수 있을까. 살아갈 수야 있겠지만 무언가 한 세상 와서 배제되는 느낌이 들 때가 있다(동심 속에 산다는 것은 변화와 상반된다).

대도시에서 밀려나지 않고 그 한복판에 잔뿌리를 내리고 살려면 무엇보다 변화의 물결을 잘 타야 하리. 현실에 생각을 두고 충실하게 살아내야 하리. 때론 그것이 무의미하게 다가올 때가 있다. 오늘 같이 역사적인 순간을 보는 때. 성공이란 돌아볼 틈 없이 앞으로 앞으로만 가도 따라가지 못하는 현실을 잘 적응해서 살아냈다는 의미가 아닐 터이다.

　향수가 단순히 고향을 그리워하는 것 이상의 의미를 지니고 있듯이 동심 또한 그런 것 같다. 동심의 음표들은 기억하고 있었다. 밝고 웃음 많았던 그 아이를. 아직 내 속에서 자라고 있을지 의아하다. 이렇게 노래가 나오는 것을 보면 아주 완벽히 사라지지는 않은 것 같다.

- ☆ -

동심의 음표들이 단순히 점벙거리기만 할까. 작은 웅덩이에 하늘도 해도 달도 담긴다. 삭막한 마음의 들수록 그 속을 들여다보며 살아가야겠다. 오늘은 유난히 음표들이 물웅덩이에서 점벙댄다. 때 묻지 않은 콩나물 대가리들이.

# 내가 나를 다독이는 말

산속에 진달래가 곱게 외로이 피어 있는 것을 보면 한 선배가 생각 난다.

어느 날 그 선배와 강원도 횡성의 한적한 산길을 걸은 적이 있다. 숲속에 진달래 한 그루가 정말 싱싱하게 활짝 웃으며 피어 있었다. 산 그늘진 곳이라 더 환해 보였다.

그 선배가 중얼거렸다.
"아무도 보아주지 않아도
꿋꿋하게 피었네···"
그 말이 왠지 오랫동안 기억에 남았다. 그때는 선배가 무슨 말을 하 는가 싶었는데, 훗날 우연히 배우자를 사고로 잃고 자식들과 힘들게 옷 장사를 하며 살아가고 있다는 말을 들었다. 피아노를 전공한 선배 는 웃는 얼굴로 상냥하게 말을 하다가도 갑자기 어두워지곤 했다. 변 덕이 심한 예술인이려니 생각했다.

그즈음 그녀는 누구보다 긍정적이고 강한 믿음을 가지려고 노력하는 중이었다. 끊임없이 자신을 독려하며 최선을 다하며 살아가는 중이었다.

삶이 궁지에 처했을 때, 또는 지쳤을 때, 나에게 내가 토닥일 말은 무엇인가.

평범하게 산다는 게 참 쉽지 않다. 우리의 삶에는 매 순간 작은 변화가 있다. 선배에게 어떤 말을 해주어야 위로가 되고 격려가 될 수 있을까. 아무리 좋은 위로의 말도, 시간이 많이 지나 선배 스스로 위로의 말을 받아들일 만한 마음의 공간을 만든 이후가 되리라.

그때, 선배가 진달래를 보고 말했을 때,

"그러게요. 참 곱네요."라고 했던 게 얼마나 다행인가.

- ☆ -

그때 나는 누가 알아주지 않아도 꿋꿋하게 꽃을 피우는 사람을 생각했었다.

# 치마가 잘 어울리는 여자

벚꽃이 피고 봄바람이 불면 버스커버스커의 '벚꽃 엔딩'이 생각난다. 도입부와 끝의 이 부분,

"그대여 그대여 그대여 그대여~"

흠, 기분이 좋아지고 가슴이 설레어 온다. 우울한 기분에 눌려 있다면 꼭 한번 들어보라. 이 노래를 들으면 마음만큼은 따뜻해진다. 그리워하던 좋아하는 사람을 만난 것처럼. 눈을 살짝 감아보라. 푸른 하늘을 배경으로 가볍게 흩날리는 벚꽃잎이 현실의 무게감을 덜어간다. 정말 잘 만들었다.

봄바람 휘날리며~ 우
흩날리는 벚꽃잎이~음

중독성 있는 음을 흥얼거린다. 살랑이는 치마를 꺼내 입고 외출하고 싶다. 여성들의 예쁨을 더욱 강조하는 치마.

치마를 입으면 천생 여인이 된다. 발걸음도 조신히 걷고, 말도 나긋나긋하게 변한다. 치마라는 말에 어떤 영혼이라도 묻어 있는 걸까.

오래전부터 치마보다 바지를 더 선호하고 입게 되었다. 장롱을 열면 미니스커트, 원피스, 투피스 등, 여전히 치마가 걸려 있다. 한 해에 한 번도 주인의 눈길을 받지 못한 채 시무룩해 있는 것도 있다. 정리해서 버릴까 하다가, 그래도 '아직은···여잔데···입어볼까.' 하는 생각에 묵혀둔 것들이다. 사실 치마 입기에 습관을 들이면 바지보다 훨씬 편하다. 공기를 많이 보유하는 포물선 형태라 푸근한 그 무엇이 있다.

한국에는 치마 무덤이라는 게 있다. 대륙과 바다에 접한 반도인 한국은 외적의 침입을 많이 받았다. 적이 침입하면 이 땅의 백성들은 스스로 나가 싸워야 했다.

싸우러 나가기 전날, 남자는 여자에게 등을 내민다.
왜?
이 든든한 등에 기대어 보라는 무언의 말이었을까?
이 듬직한 등을 기억하며 자식새끼 잘 키우고, 시부모 잘 봉양하고 바람피우지 말라고 그랬을까. 물론 그런 의미가 전혀 없진 않았으리라. 그러나 그런 때는 등을 내미는 것이 아니라 널찍한 가슴을 내밀었으리라. 우직하게 "꼭 돌아오리다."라는 약속 한마디 하면서 폭 안아주었으리라. 그 한마디에 평생 수절하는 여인이 한국 여인이다.

여자는 남자가 내민 등의 살갗을 바늘로 따 문신을 새긴다. 싸우다 죽으면 시체라도 찾아오려고 등에다 이름을 새긴다. 한 땀 한 땀 바늘로 등을 딸 때마다 핏방울이 맺히면 그 피를 여인은 자신의 치마폭으로 닦는다. 혹여, 전쟁터로 나간 남자가 죽으면 그 문신으로 시신을 찾기 위해서다. 불행히도 그마저 찾지 못하면 여인은 치마폭을, 그 남자의 피가 묻은 치마폭을 대신 무덤에 묻는다. 시신 없이 쓰는 무덤을 헛무덤이라고 하는데, 이 무덤은 헛무덤이라 하지 않고 치마 무덤이라 부른다.

언제부터인가 여자들이 치마보다 바지를 즐겨 입게 되었다. 나풀대는 폭넓은 치마를 멋스럽게 입고 다니는 여자를 보면, 참 여성스럽다. 여자인 내가 봐도 아름다움을 느낀다. 치마는 철저하게 여성을 상징한다.

- ☆ -
**중독성이 강한 노래처럼 그 옛날, 폭넓은 치마는 영혼까지 감싸는 것이었다.**

# 순한 숟가락

그 숟가락이다.

밥상의 낙관 같은 것일까. 움푹한 포물선이 변함없이 밥상 한쪽 귀퉁이를 차지한다. 오랜만에 엄마와 밥상을 마주했다. 담장을 넘은 바람이 마루로 올라와 밥상 위에서 머뭇댄다. 문득 회초리를 맞았던 열두 살 적 일이 어제 일처럼 떠올랐다. 종아리를 맞았던 이유는 망각의 강에 묻혀 생각이 안 난다. 다만 이 숟가락을 보니 그때의 몇 장면이 또렷하게 되살아났다.

엄마는 빗자루에서 한 가지를 쑥 뽑았다. 댑싸리 가지가 연한 종아리에 빨갛게 줄을 그었다. 어린 강아지처럼 본능적으로 더 불쌍하게 깨갱댔다. 깊게 한숨을 쉬던 엄마. 정오를 알리는 사이렌이 멀리서 앵하고 울려왔다(그때는 12에 사이렌이 울렸다).

사이렌 소리가 어린애 울음 끝처럼 잦아들 때쯤, 엄마가 느닷없이 밥상을 차려오라고 했다. "이런 상황에서 밥상이라니요." 뭐 그런 생각을 속으로 했겠지만, 주눅이 바짝 들어 부엌으로 갔다. 연탄불에 걸려 있는 솥을 열자 잘팍한 물 위에 밥주발이 옹기종기 모여 있었다. 얼굴로 훈김이 훅하고 피어오르자 왠지 서러운 마음이 가라앉았다. 찬

장을 열어 두레상에 주섬주섬 반찬을 올려놓고 숟가락과 젓가락을 나란히 한 벌 놓았다.

어정쩡하니 들고 가서 내려놓았다. 상의 무게 때문에 턱 소리가 났다. "다시"라는 말이 귓전을 스쳤다. 반사적으로 다시 밥상을 들고 성급히 문지방을 넘어섰다. 삐뚤빼뚤한 반찬 그릇을 똑바로 맞추고, 부뚜막에 놓여 있는 된장 뚝배기도 올리고, 새 물도 한 대접 떠 올렸다.

자신 있게 더 무거워진 밥상을 들고 갔다. 이번에도 똑같은 일이 생겼다. 제대로 밥상을 살피지도 않는 엄마가 이상했다. 불현듯 열다섯 살에 시집왔다던 할머니가 떠올랐다. 살림을 단단히 가르쳐서 시집을 보내시려나. 영문을 모르니 점점 콩닥콩닥 두려운 마음이 들었다. 다시 밥상을 들어 올리려고 허리를 굽히자, 엄마가 '빠진 것'만 가지고 오라고 했다.

빠진 것? 그게 무엇일까? 할아버지 밥상에는 노란 막걸리 주전자. 아버지 밥상에는 눈깔이 지글거리는 자반고등어 대가리. 엄마는 무얼 좋아하는지 무엇이 필요한 것인지 영 떠오르지 않았다. 어떤 땐 밥상이 좁은 것도 아닌데, 밥상 아래에 밥그릇을 내려놓고 잡수실 때도 있었다. 찬장을 다시 열어 깊숙한 안쪽을 들여다보니, 하얀 가루 봉지가 기름병에 기대 있는 것이 보였다. 가슴이 답답할 때, 그 가루를 숟가락에 풀어 꿀떡 삼키던 엄마를 몇 번 보았다. 내가 쥐고 있는 봉지를 물끄러미 바라보던 엄마가 조용하게 빠진 것에 대한 해답을 말해주었다.

"네 숟가락"

순간 긴장이 풀리며 뜨거운 무언가가 목울대까지 차올랐다.

'엄마가 날 미워한 게 아니구나.' 안심이 되었다(부모와 달리 애들 마음은 그렇다).

- ☆ -

엄마가 밥을 잡수신다. 아버지의 빈자리가 허허롭기만 하시리라. 움푹한 숟가락 하나로 밥과 국과 반찬을 다 해결하는 엄마. 밥알이 지닌 온기로 연민 같은 사랑이 가슴 깊숙이 전해온다. 나도 순한 숟가락을 든다.

# 허허허, 쑥 나왔어


홍옥이라는 사과는 향기가 좋다. 루비처럼 정열적인 빨간색의 사과인데 새큼해서 생각만으로도 입에 침이 고인다. 부사가 나오기 전에는 흔했는데, 지금은 잘 재배하지 않고 운이 좋으면 초가을쯤에 잠깐 접할 수 있는 귀한 몸이다.

사과가 익어가는 계절에 태어난 사람을 축하하기 위해 사골 뼈를 곤다. 구수한 냄새가 집안에 가득하다.

아버지를 자주 찾아뵙지 못해서 마음이 불편하던 차에 때마침 생신을 맞이했다. 요양원에서 집으로 모셔오기 위해서는 여러 사람의 도움이 필요하다. 우선 사내들의 힘을 빌려야 한다. 아버지를 안아서 자동차에 태워야 하고, 무거운 휠체어를 실어야 하기 때문이다. 엄마의 절대적인 협조도 필요하다. 뒤처리 등, 자잘한 수발을 엄마가 들기 때문이다.

외출계를 쓰고, 간호사에게 주의 사항을 듣고, 매일 복용해야 할 약을 일주일치 받았다. 두 분이 딸네 집에서 주무시는 것은 정말 오래간만이다.

솔직히 아버지 생신을 한 번쯤 잊고 싶어도 잊을 수 없다. 효녀라서가 아니라, 나와 같은 날이기 때문이다. 오는 길에 아버지가 좋아하는 홍옥을 샀다. 식사 후에 믹서에 갈아서 드렸더니, 꿀떡 꿀떡 잘 넘기신다. 향기로운 즙이 넘어가는 목 안의 감촉이 느껴지며 마지막 숟가락에서는 내 속이 다 시원했다. 그것을 다 잡수시고 그날 밤 아버지는 푹 잠이 들었다.

다음 날 아침이었다. 주방에서 미역국을 끓이는데 아버지의 잠꼬대 같은 소리가 들렸다. 짧게 "허허허" 웃는다. 세탁실에 있던 엄마가 무슨 일이냐고 내다봤다. 고개를 저었다. 그때 아버지가 엄마의 기척을 느꼈는지,

"허허허 여보, 쑥 나왔어." 흥분된 어조로 자랑스럽게 말했다. 엄마가 익숙한 몸짓으로 아버지에게로 다가갔다. 왠지 슬펐다. 다음날도 홍옥을 갈아드렸다. 엄마가 말했다. 아버지 변 색깔이 좋다고. 엄마를 위해 내가 무엇을 해야 할까. 엄마를 생각하면 언제나 슬픔 같은 것이 밀려온다. 그때마다 아버지에게 잘하는 일밖에 없다는 생각이 들곤 했다.

서로에게 존재하는 이유. 부부란 소유인가 구속인가. 혼인이란 약속은 대단한 끈이다. 그 끈이 때론 거미줄 같기도 하고 동아줄 같기도 하다. 그러므로 단편적 외관으로 부부를 말하기 어렵다. 부부의 가장 이상적인 형상을 부모님에게서 보는 것은 아니다. 딱 그것은 아니더라도 엄마를 보면, 아 하는 감탄사가 나올 때가 있다. 여인으로 보면 연민의 마음이 드는 것도 편견일까.

도자기 찻잔을 꺼냈다. 차는 어떤 잔에 마시느냐에 따라 분위기가 달라지듯이 누구와 마시느냐에 따라서도 맛이 달라진다.

사랑하는 사람과 마시는 것이 가장 좋다.

찻잎이 사지를 편다. 펴지는 잎사귀마다 오묘한 향기를 뿜어내며 소리 없이 찻물에 스민다. 엄마도 이렇게 사지 좀 펴고 사셨으면. 마음을 기울여서 따라드렸다. 마음을 아꼈던 적이 많았다. 얼마나 어리석은 일인가.

사실 어떤 말도 필요하지 않았는데 실없이 자꾸 말이 튀어나왔다. 생각이 물기 어린 틈을 뚫고 자꾸 나왔다.


"엄마 오늘 어디 좋은 데 갈까?"


- ☆ -

힘으로 도와줄 사내들 없으니 어디 갈 수도 없는데 말이다. 가슴 속에 번지는 위로 같지도 않은 말이 자꾸 쓸데없이 삐져나왔다.

# 네 잎 클로버

말할 때나 글을 쓸 때, 흔히 사용하는 상징과 은유가 얼마나 삶을 풍요롭게 하는가. 인간의 감정을 더 잘 이해할 수 있는 수단이다. 특히 상징(symbol)은 인간의 영혼과 감정을 표현하는 마법의 언어 같다.

우리나라에서 클로버는 길섶 어디에나 있는 흔한 풀이다. 그러나 유럽에서는 신성한 식물로 상징되었다. 포물선이 세 잎인 클로버는 성부, 성자, 성령, 또는 사랑, 신앙, 희망에 비유하기도 했다.
포물선이 한 잎 더 달려 있는 네잎 클로버는 모양이 십자가를 닮았다고 해서 행운을 상징하게 되었다고 한다. 우리나라에서도 네 잎은 행운을 상징한다.

낡은 사전을 펼치니 네 잎 클로버가 쏟아졌다. 행운, 한 개도 아니고 스무 개 정도는 된다. 가만히 생각해보니 아버지를 문병 갔다 오던 길에 수집한 것이다. 강원도 기도원으로 가는 구부러진 길목에 무더기로 나 있었다. 20년 전 세월이 이렇게 고스란히 책갈피에 남아있다니.

평생 앞만 보고 살다가 오도 가지도 못하는 상황에 부닥친 아버지.

부모는 자식을 위해 좋은 생각만 하면서 살아간다. 자신의 젊음을 불태워 먹이고 입혀서 공부시킨다. 자식을 위해 평생을 희생하고도, 나무의 잘린 그루터기 같은 두 무릎을 내어준다.

"이렇게 먼 길을···. 조심해서 가거라."
"네···."

재활을 위해 강원도 깊은 산골 기도원으로 간 아버지를 뵙고 돌아서는데, 배웅 나온 엄마가 자식의 돌아갈 길을 걱정했다. 엄마의 목소리가 쓸쓸하게 와 닿았다. 우울한 마음이 되어 땅을 보며 걷다가 오솔길 옆에서 네 잎 클로버 무더기를 발견했다. 실제로 네 잎 클로버를 한 번도 직접 찾은 적이 없는데 이런 큰 무더기를 만나다니. 그 순간 상서로운 기분에 마음에 반짝하고 볕이 드는 기분을 느꼈다.

나는 아버지가 재활에 꼭 성공할 것만 같았다. 클로버 군락 위에 두 무릎이라도 꿇고 싶은 심정이 되었다. 정말 기도하는 마음으로 정성스럽게 클로버를 수집했다. 그때 가슴이 무어라 표현할 수 없을 정도의 환희로 가득차서 무척 속이 울렁거렸는데, 그것이(그 울렁거림이) 내 뱃속에 새로운 생명이 자라고 있는 신호인 줄 당시는 미처 생각 못했다.

나는 그때 클로버를 수집하며 행운은 특별한 게 아니라는 생각을 했었다. 건강, 그보다 더 큰 행복은 없으리라는 생각을 했다.

속으로 '아버지가 쾌차하기만 해 봐라. 엄마는 자연히 "아이 우스워라" 하며 웃으시는 그 특유의 웃음을 되찾으시리라.'라는 확신에 차서 네 잎 클로버를 한 웅큼 집어 들고 왔었다.

　지나간 시간을 추억하는 것은 아름답다. 그것이 평범한 일상의 기억일수록.

- ☆ -

이루고 싶은 목표를 생각하며 행복해했던 날도, 목표를 성취하지 못한 날도, 예상치 못한 상황에 직면한 날도, 내 인생의 계단을 구성하는 소중한 날이다. 그런 날들이 더 유의미한 가치를 창출해 낼 수도 있다. 네 잎 클로버를 구성하는 여분의 한 잎처럼.

# 70대 엄마가 운전면허증을 딴 이유

배움과 깨우침과 나이는 비등한 선을 긋지 않는 것 같다. 인간의 욕망이 끝이 없는 것과는 다르다.

칠십 대 노인이 운전면허증을 따려고 한다면 어떤 생각을 할까. 남들은 하던 운전도 그만두는 나이가 아닌가. 엄마가 어느 날 이렇게 말했다.

"몸이 불편한 아버지와 버스를 타도 남에게 피해를 주는 것 같고, 둘이 길가에 서 있으면 택시도 잘 잡히지 않고, 잡았다고 해도 눈치를 봐야 하니 늘 마음이 불편하다."

"운전을 배워보시면 어때요? 차 한 대 사드릴게요…."

문득 나는 엄마에게 지금과 다른 인생을 살아보게 하고 싶었다. 다람쥐 쳇바퀴 돌아가듯 하는 일상에 무언가 스파크를 튀길만한 어떤 변화가 필요한 시점 같았다.

그때 엄마의 표정을 잊지 못한다. '이 나이에 내가 어떻게'라는 표정이 되었다. 그러더니 금방 유레카 정도는 아니지만 '여태 그걸 왜 생각 못 했지'라는 눈빛으로 바뀌었다.

쉽게 칠전팔기라는 말을 쓸게 아니다. 엄마의 고생은 이만저만이 아니었다. 한쪽 눈의 시력이 마이너스인 노안으로 돋보기를 쓰고 필기시험 준비를 하는 모습은 눈물겹기까지 했다.

거듭된 일곱 번의 필기시험 낙방과 여덟 번의 실기 시험 끝에 운전면허증을 따던 날. 엄마는 면허증에 새긴 당신의 이름이 믿기지 않아서 몇 번이고 손으로 만져보았다고 했다.

그리곤 면허증의 잉크가 채 마르기도 전에 우리집으로 달려오셨다(면허시험장에 대기 중이던 경찰차를 타고). 면허 시험장에서 엄마는 이미 유명 인사였다. 하도 많이 낙방한 것도 있지만, 운전면허증을 따려는 동기와 노력이 눈물겨웠으므로 모두가 제 일처럼 합격의 순간을 기다렸던 것이다. 그날 면허시험장에 가서 그 최종 합격의 순간을 지켜보지 못한 것이 인생의 아쉬운 일 중 하나가 되었다(온전히 차 한 대를 사드리지 못한 것과 더불어).

나는 면허증의 이름 석 자를 뚫어져라 쳐다보았다. 우리 엄마가 참 대단하다고 느꼈다. 노력해서 안 되는 것이 없다는 생각이 들었다. 이후 작은 차를 구해서 남의 눈치를 보지 않고, 아버지를 태우고 병원으로 공기 좋은 외곽으로 마음껏 차를 몰고 다니셨다.

도전에는 나이라는 한계가 없는 것 같다. 특히 필요에 의한 도전이나 하고 싶었던 일에 대한 도전은 나이를 불문하고 감동을 준다. 설령 시기를 놓쳤다 하더라도 스스로 포기하지 않는 것이 무엇보다 삶을 빛나게 한다.

한국인에게는 특별한 기질이 있는 것 같다. ≪스무 살엔 몰랐던 대

한민국≫이란 책이 있다. 고교 후배가 쓴 책이라며 보험회사에 다니는
선배가 소개했다.

　작가(이 숲)는 스웨덴 웁살라 대학교 중앙도서관에서, ≪한국에서:
"고요한 아침의 나라"에 대한 기억과 연구≫라는 고서(古書)를 발견
한다. 1904년 한국의 국운이 기울던 때, 한국에 대해 서구인이 쓴
책이다.

　100년이 넘는 시간의 무게를 담고 있는 책의 낡은 하드커버(화관무
를 입고 족두리를 쓴 여인이 그려진)에서 작가는 신비감과 더불어 자신과
같은 땅에 살았던 사람들의 숨결을 느꼈다고 한다.

　이 책에 묘사된 한국인에 대한 표상은 내 가슴을 뜨겁게 달구었다.

> "자유분방하고, 쾌활하며 호탕한 민족, 선량하고 관대하며 머리가 명석
> 하다. 어떤 대상에 흥미를 느끼면 끈기와 열의를 보이고, 상당히 지적이
> 며 놀라운 이해력을 갖고 있다. 언뜻 보면 둔해 보이나 알고 보면 비범하
> 다. 한국인들의 태도는 일본인들과는 달리 자연스럽고 거침없이 당당하
> 다. 일본인보다 일을 더 빨리 배우고 더 믿을 수 있는 사람들.
> '동면에서 깨어나면 독창적인 탐구심으로 불타오를'과 같은 표상. 세
> 계가 '한국인은 자치가 부족하다'고 말할 때, 한국인에게는 '무서운 잠
> 재력이 있다'라고 쓴 텍스트도 있었다.

　이러한 표상은 지금도 계속해서 덧입혀지고 있다고 생각한다. 곤궁
한 시대에 태어나서 식민지 시대와 전쟁을 겪으며 배움의 기회를 놓치
고 한이 서린 사람들이 주변을 둘러보면 아직 많다. 공부가 한이 된
그런 사람들. 우리 엄마도 그런 사람 중의 한 사람이었다. 뒤늦게 공부

를 하면서 세상에서 제일 어려운 것이 공부라고 하셨지만, 보람을 느꼈을 것 같다.

살면서 몇 번의 기회가 온다는 말도 있듯이 인생에서 상승 곡선을 탈 시점이 반드시 온다. 그때를 대비해서 꾸준히 배움을 닦아 놓으면 좋을 것이라는 생각이 든다.

우리 엄마를 봐도 배움은 끝이 없다. 그렇지만 사람의 총기는 나이가 어릴수록 예리하지 않던가. 어린 나이에 읽은 책은 지금도 기억이 되살아나지만, 나이 들어서 본 책은 단 며칠만 보지 않아도 언제 내가 본 적이 있었나 싶지 않던가.

- ☆ -

아무리 열정이 넘쳐나도 나이에 비례해서 기억에 새기는 정도가 다른 것을 부정할 수는 없다. 한국인으로서의 자긍심과 더불어, 어려서 배우는 것은 해가 떠오를 때의 찬란한 빛과 같고, 늙어서 배우는 것은 밤에 촛불을 잡고 길을 걷는 것과 같다는 말의 의미를 깊이 새겨야 하리라.

# 비밀번호 공공 공공을 누르며

　이곳은 분명 천국이나 극락은 아니다. 하지만 이곳에 오면 마음속의 이기심과 시기심은 모두 사라져 버린다. 공을 네 번 찍으니 행복의 집 문이 스르르 열렸다. 복도 끝 방이다. 하얀 천장과 잔잔한 꽃무늬 벽지를 바른 방에 그 남자가 기거하고 있었다. 텔레비전을 켜면 영어 프로그램을 즐겨보던 사람이었다. 아버지보다 젊고 활달했는데.

　사람의 일생은 한치 앞도 알 수가 없다. 아무리 화려한 인생을 살았던 사람도 제 몸 하나 관리하지 못하면 요양원에 신세를 지기 마련이다. 누구나 부모가 소중하고 자식 된 도리를 알더라도 어쩔 수 없는 상황에 처한 사람들이 대부분 요양원에 오는 것 같다. 어떤 자식도 부모를 요양원에 모시고 싶지는 않다. 그렇지만 현실은 다른 도리를 말한다. 자식은 사회생활을 하며 경제활동을 해야 살아갈 수 있다. 그러므로 어쩔 수 없이 운신이 어려운 부모를 요양원에 보내야하고, 또 그런 시설이 있다는 것이 얼마나 다행한 일인지 모른다.

　나는 아버지를 뵈러 이곳에 오는데, 그 때마다 느끼는 것이 있다. 그냥 지금의 시간을 충실하게 살아가면 그것이 행복이라지만, 몸이 아프지 않을 때 건강도 생각하고 운동도 하는 것이 더 행복한 노후를 보장한다는 생각을 한다. 그리고 이곳을 방문하는 시간도 내 일상 중 건강한 날이라는 생각이 든다.

아버지 곁에 빈 침대가 놓여있다. 나는 수 년 동안 이런 빈자리를 참 많이 봐 왔다. 그러므로 감정이 무뎌질 만도 한데, 첫 날은 매번 가슴이 아리고 빈 침대가 낯설다. 어제까지 있었던 사람의 체온이 느껴져서 아버지와의 어색한 침묵에 몸 둘 바를 모르겠다. 빈 침대와 반대 방향으로 돌아누운 아버지. 창 쪽으로 보이는 하늘. 아버지는 점점 팔다리가 가늘어져간다. 이마와 얼굴 모습에서 멋있었던 옛 그림자를 찾아본다. 세월이 무심히 흐른다는 생각이 들지만, 그런 생각을 하지 않기로 한지 오래다.

아버지가 한 날은 내게 이런 말을 했다.
"정년퇴직 후엔 말이다. 개울에서 고기나 잡고 산에나 다녔으면 좋겠다. 네 엄마와 벌도 키우고···. 어디 얽매이지 않고 말이야."
무슨 해외여행도 아니고, 소박한 전원생활을 목표로 틈틈이 양봉에 대해 견문을 쌓으며 지내는 모습이 좋아 보였다.

누가 떠나고 누가 남아있는가에 상관없이, 요양원 뜰에도 어김없이 초여름이 왔다. 더 깊은 숨으로 계절을 느끼고 싶어 하는 사람도 있지만, 찾아오는 계절에 관심을 끊고 지내는 사람도 있다. 나는 아버지를 휠체어에 태워서 잠자리가 날고 있는 앞마당으로 나왔다.

영국의 저명한 수필가 찰스 램이 쓴 <정년 퇴직자>에 이런 글귀가 있다.

"일은 끝나버렸다. 이 세상에 와서 해야 할 일은 모두 끝마쳤다. 나에게 할당된 노역을 마쳤으니 남은 날은 나 자신의 것이다."

'나 자신의 것'이란 말이 실감적이다. 오랜 직장생활을 해본 사람이면 절실히 공감할 것이다. 미처 예상하지 못한 불행이 오기 전에는 어떤 꿈도 꿀 수 있다. 남은 날을 어떻게 보낼까 계획하고 생각할 것이다. 남은 날을 온전히 '당신의 것'으로 만들지 못했던 나의 아버지. 가끔 아버지는 건강했던 시절의 노역을 그리워하는 듯 했다. 그 시절의 기억이 오히려 괜찮은 기억이 돼 가고 있다는 것에 마음이 아팠지만, 누구나 태어나서 살다가 병들어 죽는다는 수순을 피해갈 수 없다.

"흠, 볕이 좋구나."
입을 벙긋 벌리고 연초록 잎사귀처럼 웃는 아버지. 이제 그 해맑은 얼굴에서 복잡한 세상사 시름을 찾아보기 어렵다. 나도 세상사 시름을 잠시 잊었다.

"딸"
한 때 아버지는 당신이 지었다는 내 이름을 불렀다. 그리고 우리집 첫 딸애가 태어나자 그 아이 이름으로 나를 불렀다. 언제부터인가 그런 호칭대신 나를 이렇게 "딸"이라고 부른다. 쑥스러워서 무엇이라고 응수는 하지 못하고 빙그레 웃기만하는 게 전부지만 밀도 있는 무언가가 전해온다.

산책을 마치고 비밀번호 공공 공공을 누르고 끝 방으로 들어갔다.

잠시 먼저 떠난 친구를 잊으셨을까. 비밀번호처럼 삶이란 공으로 와서 한바탕 꿈 한번 꾸고 공으로 돌아가는 것일까.

- ☆ -

하지만 모든 것을 공이라고 잘라 말할 수는 없다. 찰나 같은 시간 속에도 정밀함이 녹아 있다. 아버지는 열심히 사셨고, 아버지란 이름은 늘 현재 진행형이고, 나는 한치 앞도 모르는 현재를 열심히 살아가고 있고.

# 꽃눈을 보는 눈길로

요즘 세대가 'N가지를 포기한 세대'로 힘들다지만, '힘들다'는 개념이 조금 다른 것 같다. 힘들다는 것을 육체적으로 정신적으로 어렵고 곤란하다는 의미로 생각해 보면 어느 세대나 만만치 않았다.

1945년 이전에 태어난 사람들은 큰 울타리가 되는 나라도 없었으니 참 다방면으로 힘든 일을 겪었으리라는 생각이 든다.

그 시대에 태어난 어머니의 사랑 이야기를 하나 해야겠다. 어려운 시기를 같이 잘 이겨내기 위해서 아버지를 만났을까. 단비그린비(신랑 각시)로 만난 그 날의 이야기다.

어느 해 봄날, 흐드러진 벚꽃 나무 아래서 처자를 기다리던 가난한 군인. 군인은 잘 생기고 허우대가 좋았다. 제대 후 처자와 혼인한 군인은 시골에서 살다가 도시로 나온다. 장녀인 내가 초등학교에 입학할 나이가 되면서 일어난 지각변동이다.

외가댁에는 이모 삼촌이 일곱이나 있었다. 나는 같은 학년의 외삼촌과 세 살 위의 이모와 같은 학교에 다녔다. 어린 시절 기억을 되돌려 보면 물기가 어린다. 이모 삼촌들과 한집에서 살았지만 형제자매처럼 잘 녹아 지내지 못했다.

우리 삼 남매는 늘 미운 오리 새끼 신세였다. 옛말에 '겉보리 서 말만 있으면 처가살이하랴'라고 하지 않던가. 우리는 그런 말은 알지도 못했고 아버지의 고뇌를 짐작하지도 못했다. 나는 전깃불이 환한 고래 등 같은 기와집과 대청마루에 놓인 금빛으로 빛나는 커다란 괘종시계 불알에 비친 세상이 마냥 신기하기만 했다.

봄 소풍 가던 날이다. 그때는 소풍 장소마다 무거운 카메라를 멘 직업 사진사가 따려 다녔고, 동행한 가족과 기념사진을 찍는 것이 소풍 날 김밥을 먹는 행사처럼 행해졌다. 외할머니, 이모, 삼촌, 동생들과 옹기종기 3대가 들어간 사진을 한 판 찍고, 독사진도 찍게 되었다. 그때 막내 이모가 메고 있는 가죽 가방이 눈에 들어왔다. 폼 나 보였다. 사진만 찍고 돌려준다고 했더니 순순히 벗어 주었다. 그렇게 기분 좋게 하루가 마무리되었더라면 얼마나 좋았을까.

저녁때 괘종시계가 딩딩딩 울렸다. 불안의 징조처럼 그 숫자를 세고 있는데, 이모가 펌프 앞에서 나를 다급하게 불렀다. 가방에서 돈이 없어졌다고 했다. 구멍가게에서 무언가 사 먹는 나를 봤다는 것이다. 내 돈으로 사탕을 사 먹었다고 말했지만, 믿지 않는 눈치였다. 손을 내밀어 거스름돈을 내라고 했다. 당연히 거스름돈이 있을 리 만무했다. 십 원을 내고 십 원어치를 사 먹었으니.

당황하면 말문부터 막힌다. 머뭇대는 나를 보자 거스름돈을 못 받아 왔다고 생각했는가. 다시 가게로 가서 받아 오라고 했다. 불가능한 일이다. 꼭 이럴 때 엄마는 보이지 않는다. 부엌에서 저녁을 짓고 있던 할머니가 이모에게 쓸데없는 소리를 한다고 야단쳤다.

얼떨결에 나는 당나귀처럼 이모가 끄는 대로 갔다. 그러나 나는 바보래서 그런 것이 아니다. 금세 떳떳하게 밝혀질 일이므로, 소란스러워지느니 그냥 따라갔던 것이다.

당시 천 원은 애들에게 적은 돈이 아니었다. 가게 주인이 기억 못할 리가 없지 않은가. 그런데 놀라운 일이 벌어졌다.

할머니가 가게 주인에게,

"얘가 거스름돈을···."

미처 말도 끝나지 않았는데, 가게 아주머니가,

"아 참, 내 정신 좀 봐!"하면서 사탕 값을 빼고 거스름돈을 계산해 주었다. 나는 꼼짝없이 도둑×이 되었다.

엄마는 왠지 회초리를 들지 않았다. 그게 문제가 아니었다. 나는 너무나도 억울했다. 누구에게도 내 결백을 증명해 보일 수 없으니, 얼굴이 화끈거리고 심장이 튀어나올 것만 같고 답답했다. 그날 엄마는 나를 별채 툇마루에 앉히고 별이 나오면 세라고 했다. 누명을 쓴다는 것이 이런 답답한 심정인가. 억울하게 누명을 쓰고 머리카락을 얼굴에 흩트린 채, 칼을 쓰고 옥살이하는 동화 속 선비가 생각났다. 딱 이런 심정일까. 왜 그리 소리 없는 눈물이 흐르는지.

날은 쉬이 저물어 하나 둘 별이 돋아나기 시작했다. 별을 세며 서러운 눈물을 흘리다가, 내 억울한 누명이 벗겨지길 빌다가, 마루에서 깜박 잠이 들었다.

부드러운 손길을 느꼈다. 잠결에 슬며시 눈을 뜨니 엄마가 나를 내려다보고 있었다. 가만히 내 머리를 쓸어주면서. 마치 내 결백을 다 알고 있다는 눈길이었다. 그때 나는 꼭 별처럼 반짝이는 사람이 되어 엄마를 기쁘게 해주리라고 다짐했다. 엄마를 위해서라도 공부를 열심히 하리라고 다짐했다(장래 희망이 법관이나 경찰관이 아닌 것은 참 이상한 일이다).

사람은 얼마나 단순한 동기로 굳은 결심을 하는가. 그때 나는 막연하게 별처럼 반짝이는 사람이 되리라 다짐했지만, 위인전을 보면 구체적으로 콕 찍어서 미래의 방향을 정하지 않던가. 별이라고 해도 북극성 같은 사람, 샛별 같은 사람 등 참 구체적이다. 이런 글을 쓸 때면, 나는 좋은 동기를 제공하는 사람인가. 또 어린나이에 부모가 되어 시행착오가 많았던 시간을 되돌아보곤 한다.

- ☆ -
중환자 병실에서 엄마가 그 눈길로 아버지를 바라본다. 다시 재기할 것을 조금도 의심하지 않는 믿음의 눈길로(아버지는 질경이처럼 20년을 더 살았고. 엄마는 아버지보다 일 년 일찍 별이 됐다).

# 부부 합방

단비그린비로 만나 60년을 함께 살다 돌아가신 부모님의 마지막 길을 이야기 하려한다. 지금은 결혼을 하지 않는다고 해서 이상한 사람 취급 받지는 않는다. 하지만 옛날 어른들은 시집 장가를 가야만 비로소 어른이 된다고 생각했다.

이 세상에 태어나서 짝을 만나, 자식을 낳아 기른다는 것만큼 보람된 일도 없으리라는 생각이다. 오묘하게 다른 남녀 두 사람이 만나서 오랜 시간 함께 생활하고 죽는다는 것은 무엇보다 인간적인 스토리라고 생각한다. 어두웠던 시간들조차도 아름답게 느껴지는 순간이 있고, 무엇을 위해 무엇을 포기했다는 계산이 나오지 않기 때문이다.

누구나 부모의 몸을 빌어 세상에 태어나듯이, 누구나 겪는 일이 죽음이라는 이별이다. 아파트 대문처럼 돌 뚜껑 대문을 닫자 두 개의 유골 항아리가 눈앞에서 사라졌다.

부재. 사람이란 참 이상한 존재다. 눈에서 보이지 않으니 영영 이별인 것만 같아서 순간 당황했다.

존재. 까마귀 소리에 하늘을 올려다보니 푸른 하늘에서 검은 새 두 마리가 서로 노닌다. 원을 그리기도 하고 수놈이 암놈 뒤를 쫓아다니는 모습조차 부모님의 영혼이 아닐까 라는 생각이 든다.

예를 하고 뒤돌아서니 가족묘 앞으로 탁 트인 경관이 비로소 눈에 들어왔다. 먼 곳부터 산봉우리가 겹겹이 포개져 다가온다.

검은색 농담이 마치 먹물로 포물선 문양의 연꽃을 그려 놓은 듯하다. 신비한 색감이 피안의 세상과 연결된다. 오랫동안 병석에 계셨던 아버지가 "야, 시원하구나!" 할 것 같다. 엄마가 그렇다며 맞장구치시리라.

이승의 모든 것은 아름답다. 가치가 있다. 누구는 허상이라고 하지만, 허상이면 어떠랴. 이승에 남긴 무엇도 어차피 자신의 것이 될 수 없기 때문에 그런 말이 나온 것이 아닐까. 평생 무소유를 실천하고 가신 분이나, 평생 재산 축적을 한 사람도 돌무덤 하나로 남기는 마찬가지다. 우리 부모님은 돌무덤 하나로 함께했다.

존재했던 모든 것은 반드시 사라진다. 그러므로 그리 서러울 것은 없다. 인간만 그런 것이 아니니까. 그런데 나는 지금 멸(滅) 다음 세상이 있다고 생각하며 마음을 다독이고 있다.

윤회하지 않고 해탈하는 것이 가장 좋은 것이라고 불교에서는 말하지만, 왠지 멸이란 새로운 시작을 의미한다고 생각하고 있다. 그믐달이 초승달로 생성되듯이.

다음 세상에서 두 분은 분명히 만났으리라고 왜 생각하는 것인지. 다음 세상의 일을 말해 줄 수 있는 이는 아무도 없기 때문인가. 단비

그린비의 마지막 길이 너무 애처로웠기 때문인가.

일 년 중 정월. 오늘 두 분이 합방했다. 흰 구름 두 조각, 포개진 나뭇가지의 미세한 흔들림조차도 어떤 전갈로 받아들이고 싶다. 음식 냄새를 맡고 어디선가 새들이 모여든다. 모여드는 새가 싫지 않다. 까악까악 까마귀 소리조차도.

이승의 선물처럼 누구나 한 번쯤 설레는 추억을 담은 사진 한 장은 있으리라. 족두리를 쓴 고운 얼굴의 신부와 만면에 웃음이 가득한 젊은 신랑이 맞절한다. 사진에 불을 붙인다. 불꽃이 지난 시간을 태우며 하늘로 올라간다. 술잔을 교환한다. 우리만 빼고 하객들은 모두 영혼이다. 그들이 던지는 덕담과 농담으로 초례청이 시끌벅적할 것 같다.

정월, 하늘은 맑은데 매서운 추위다. 생전 서러움이 많으셨는가. '유골함을 담요로 싸서 넣어야 했을까.' 이런 걱정을 하는 나는 아직도 구분을 못 하고 어떤 미혹 속을 헤매고 있는가. 이와 같이 생(生)과 사(死)처럼 분명한 것도 혼란이 오는데, 무엇인들 제대로 구분을 잘하며 앞으로 살아갈까. 이런 나를 어머니는 어떤 눈으로 바라보실까.

- ☆ -
**초례청에 헌화한다. 가화(假花)다. 자식이 사 온 꽃에서는 무엇과도 비견할 수 없는 향이 나리라.**

# P.S. 란 진짜로 하고 싶은 이야기다

맨탈이 무너지지 않으려면 건강한 생각을 해야 한다. 건강한 생각을 하려면 무엇보다 체력이 중요하다. 그래야 좋은 에너지가 녹아 있는 글을 쓸 수 있다.

오늘도 운동이 나를 세상 밖으로 나가게 했다. 사람들과 어울리게 하고, 어린아이에게 말 걸게 하고, 작은 꽃과 새 지난 자리를 보게 하고, 음식과 음료를 먹고 마시게 하고, 노트북을 열게 했다.

사람들은 나를 보면,
"사람이 세상 물정을 모른다, 고생을 모르고 자란 것 같다, 소녀 같이 순진하다."라고 평가한다. 좋은 뜻이 아니라는 걸 잘 안다. 하지만 속을 모르는 소리다. 사실 나란 사람은 독한 사람에 가깝다.

나는 20년째 꾸준히 운동하고 있다.
힘들 때면 더 운동에 몰입한다(그래서 잘 다친다).
나는 타인과의 약속을 딱 한번 어겼다. 나와의 약속인 매일 읽는 원칙은 거의 어겨 본 적 없다.

30대에 사업을 시작해서 13년 동안 매일 밤 12시에 자고 새벽 4시 반에 일어났다. 40대에 공부를 시작해 밥 먹고 10년 이상 앉아서 공부만 했다. 자식이 셋 있다.

P.S. 이렇게 독하게 사느라 엄마와 시간을 많이 못 보냈다. 엄마를 화장하던 날, 회색 뼛가루를 물에 타서 마시고 싶었다.

한동안 운동을 멈추었다. 너무 힘들면 움직이지 못하는 법이다. 일이 닥쳤을 때, 적당히 힘들도록, 해야만 할 도리는 제 때에 실천해야 했다.

적당히 힘들어야, 운동도 하고 글도 쓰고 사람도 눈에 들어오는 법이다. 가장 잔물결에서 어떤 때보다 넓은 물보라가 인다고 하지 않던가.

- ☆ -
(P.S.란 덧붙인 글이 아니다. **진실로 하고 싶은 이야기를 말미를 빌어 적어 놓은 글이다**).

# 마카롱과 찹쌀떡

처음 마카롱을 먹어 본 곳이 봉은사 등나무 아래서다. 새터민(마카롱만큼 새롭게 다가온 단어)을 위한 가정숙박 체험을 신청한 후 교육을 받고, 작년에도 신청을 했다는 도반의 체험담을 듣기 위해 삼삼오오 모였다.

3월의 날씨는 쌀쌀했지만 마음이 더워서 아이스 아메리카노 몇 잔 사들고 갔더니 색색의 두툼한 마카롱이 있었다. 노란색깔의 동그란 것을 한 도반이 하나 집어 주며 먹어보라고 했다. 예뻐서 제과점에 가면 눈길이 가곤했지만 무척 달아보여서 사본 적은 없다.

보기와 달랐다. 그렇게 달지 않았다. 쫀득한 것이 가운데 되직한 크림(머랭)과 맛이 잘 어울려 환상적인 조합을 이루었다. 적당한 단맛과 부드러움이 어울리는 맛이었다. 그 맛에 반해서 새터민을 초대하면 쫀득한 그 맛을 꼭 경험시켜주고 싶었다. 내가 좋아하는 바삭한 호두 파이와 함께.

이젠 어디서나 마카롱을 보면 그때 생각으로 눈길이 가서 사가지고 오는데, 왜 그때 그 맛이 안 나는지 모르겠다. 아무래도 그 맛을 찾을 때까지 사 먹을 것 같다.

마카롱은 익숙한 식감이었다. 그것이 무엇일까 늘 머리 한 구석에 남아있었는데, 어느 날 문득 "맞아, 찹쌀떡이야." 한국의 찹쌀떡과 비슷하다는 생각이 들었다. 냉장고에 넣어두었다가 먹는 쫀득한 찹쌀떡.

찹쌀떡의 쫀득한 식감과 달달한 팥고물의 조합이 꼭 마카롱의 조합과 같다는 생각이 들었다.

마카롱은 프랑스 디저트라고 하는데 한국의 찹쌀떡 같다고 말하면, 의아하게 생각하거나 촌스럽다고 말할지 모르지만.

찹쌀떡을 프랑스인이 먹어 본다면 어떻게 생각할지 궁금하다. 디저트 맛의 조합은 맛뿐만이 아니라 식감의 조합도 중요하다.

- ☆ -
무엇이고 보이는 모습대로 판단해서 시도조차 하지 않은 것이 많다.

6부

# 포물선, 마주보기

# 포물선 마주보기 – 신춘문예 매일신문 당선작

스크린의 느린 화면에서 활시위를 떠난 화살이 포물선을 그리며 과녁에 떨어진다. 문득, 포물선 상의 한 점을 지나고 있는 느린 걸음의 내가 보인다. 현재가 만족스럽지 않다고 해도 화살촉을 거꾸로 돌릴 수는 없다. 하지만 현재는 과거 패턴의 반복이라고도 한다.

시간을 과거로 돌려 가장 먼저 하고 싶은 것이 무엇이냐고 묻는다면 나는 망설임 없이 바로 한 지점을 선택할 수 있을까. 나이 들어가며 선택할 때 걸리는 시간이 길어졌다. 좋게 보면 심사숙고를 하는 것이지만, 대범했던 성격이 소심해진 것이다. 물론 그 반대인 사람도 있겠지만, 요즘 작은 것에도 자주 망설인다.

남편과 건강검진을 받고 나와, 벌써 한 시간째 식당을 결정 못 하고 있다. 그도 딱히 결정하지 못하고 내 결정에 따를 심산인 듯, "글쎄 어디가 좋을까."만 반복하며 나란히 걷고 있다. 굳이 이유를 들자면, 분식은 위가 좋지 못해서, 중국집은 싫증이 나서, 패스트푸드는 모처럼 둘만의 식사인데, 파스타는 한쪽이 선호하지 않는 것 같아서, 스테이크는 점심으로 부담돼서, 한식은 매일 먹는 것이니 등, 우리의 삶처럼 이런저런 이유에서다.

밖에 나오면 서로의 기호를 적당히 만족시키기가 쉽지 않다. 그러다 눈앞에 커다란 간판인 한방 삼계탕집으로 들어갔다. 나름 그 결정에 서로 만족한 듯 밝은 표정으로 마주 앉았다.

집에서 밥을 먹을 때는 나란히 앉는 편이다. 마주 보자 남편이 많이 늙어 보였다. 불현듯 한 친구의 말이 떠오른다. 마주 보고 앉으면 단점만 보여서 싸우게 된단다. 이런 내 심사를 아는지 모르는지, 메뉴판을 보고도 결정 없이 내 판단에 맡기고 있는 사람이 야속하다.

아니나 다를까. 나란히 앉았을 때 보지 못했던 모습들이 눈에 거슬리기 시작했다. 먹을 때 입가에 묻히고 먹는다. 먹는 속도가 빨라서 나는 반도 못 먹었는데 벌써 이를 쑤신다. 심지어 내가 먹고 있는데 화장실에 갔다 온다며 일어섰다.

부부는 큰 인연으로 연을 맺은 후 함께 포물선 모양으로 걸어가는 영원한 함수 관계라고 한다. 포물선이라는 함수는 단순히 시간의 경과만을 의미하지 않는다. 시간과 공간의 좌표 위에 좌선과 점으로 곡선을 그리며 살아간다는 의미이다.

건강과 관련지어 함수관계를 연구한 결과가 흥미롭다. 배우자가 직장에서든 가정에서든 스트레스가 심하다 해도, 상대 배우자의 지지와 격려만 확고하다면 높았던 혈압이 안정권에 든다는 것이다. 사이가 원만하면 건강하다는 말은 어쩌면 너무나 당연한지도 모른다. 하지만 첫눈에 반한 연인, 집안의 반대, 사랑의 도피와 같이 드라마틱하고 운명적인 사랑도 포물선의 내리막을 탄다. 하물며 우연하고 화려하지도 않고, 그냥 평범한 현실적 사랑에 갈등이 전혀 없을 수 있겠는가. 포물선의 정점처럼 뜨겁던 시간도 있었다. 하지만 시간이 흐르면서 서로를 바라보는 처지도 많이 변했다. 이제 정겹다는 말, 눈빛만 보아도 심정을 안다는 말은 차츰 구태의연한 말로 포물선 밖으로 밀려나고 있다. 마주보기보다 나란히 보기에 익숙해졌기 때문이리라.

화장실에서 나온 한 남자가 뒤돌아서서 웃고 있다. 다 먹었으면 나가자는 사인을 보낸다. 내가 잘 아는 남자 같다. 알고 지낸 지 30년이 넘었다. 신발 크기와 바지 치수도 알고 있다. 한때 한 눈의 시력이 바늘귀를 뚫었다는데 이제 그 눈엔 인공 수정체가 빛난다. 어쩌면 우리는 겨우 요만큼씩 아는 것에 서로 저당 잡혀 사는지도 모르겠다.

그러나 우리는 할아버지, 할머니, 부모, 자식, 남편과 아내라는 각자의 위치에서 자신만의 준선과 좌표를 지키기 위해 노력하고 있다. 부부라고 해도 서로 다른 인생 포물선을 그리고 있는 것이다. 자신만의 초점과 준선을 가지고 시간과 공간이라는 운명의 두 축인 X축과 Y축을 넘나들며 고단하지만, 부단히 삶의 좌표를 그려가고 있다. 대칭축을 기준으로 큰 사발 같은 포물선을 반으로 나누면 반절은 행복, 기쁨 등 달콤한 맛이요, 반절은 아픔, 슬픔 등 씁쓸한 맛이 아닐까 싶다.

심사가 상한 밍근한 하루의 여장을 풀고 등 맞대고 이불 속에 나란히 들었다. 오래된 먼지 냄새나는 사진첩 한 장이 풀썩 또 넘어가며 평범한 하루가 사위어간다. 그래도 부부는 서로의 눈을 마주 보라지 않는가. '부부'라는 한글 문자를 보라. 돌아누워 남편의 눈을 마주 보니 그가 의아한 듯 매우 겸연쩍어한다. 우리의 인생에서 오늘은 같은 포물선을 그린 날로 기록될 것 같다.

- ☆ -

뜨거운 사랑도 빛바랜 사랑도 사랑의 한 형태로 포물선 상에 있다. 사랑이든 연민이든 서로를 꼭 안아 보면, 어깨 위에서 엇갈린 두 얼굴은 하트 모양이 되고 두 몸은 맞닿아 포물선 모양이 된다. 못 믿겠거든 당장 오늘 큰 거울 앞에서 포옹해 보라. 매료되고 실망하고 다시 용서하고 그것이 포물선이다.

# 얼굴나무 – 계간 ≪에세이포레≫, 계간 ≪선 수필≫

미술관에서 한 자화상 앞에 섰다. 동강이 난 척추에 신전 기둥이 박혀있다. 숭고한 여인의 육체에는 쇠못들이 무수히 꽂혀있다. 멀쩡한 곳은 화가의 얼굴뿐이다.

사람들은 누구나 늘 꿈을 꾸며 살아간다. 자신에게 결핍된 그 무엇을 충족시켜 줄 이상향인 '그곳'을 갈망한다. 그 이상향은 사람마다 다를 것이다. 자화상 여인, 프리다 칼로의 '그곳'은 '아이의 소리가 나는 평범한 가정'이었다. 하지만 세 번의 잉태에도 불구하고 번번이 좌절되었다. 화가는 다섯 살 때 소아마비로 다리에 장애를, 열여덟 살 때 전차 사고로 불구의 몸이 되었다.
그녀의 어머니가 침대에 붙박이처럼 누워 있는 딸의 머리 위에 거울을 달아주었다. 그녀는 거울에 비친 자화상을 그리며 내면의 척추를 스스로 세워나갔다.

나는 하루에도 수없이 거울을 본다. 그런데 온전하게 내면까지 비추어 보지 못해서일까. 창작이란 대롱 끝에 겨우 매달려 사는 느낌이다. 중년을 넘긴 나이에는 자신의 얼굴에 책임을 져야 한다는 말이 있는데, 괜한 말이 아닐 것이다. 이 기회에 있는 그대로 나를 한번 바라보자. 자화상과 같은 큰 명제가 아니더라도, 그냥 나를 제대로 바라보고 싶어졌다.

도화지 한 장을 책상 위에 올려놓고 손거울을 들었다. 연필로 둥글게 얼굴을 그려 넣었다. 자식들도 곁에 없고, 팔다리 같던 부모님을 여의고 나니, 세상 혼자인 듯 외롭다. 이목구비가 없는 얼굴이 마치 커다란 오리알 같다. 허공에 둥둥 떠 있는 알을 목으로 받쳐주었다. 그러자 흡사 나무 한 그루가 대지 위에 서 있는 형상이다. '미루나무'나 '자작나무'처럼, '얼굴 나무'라고 이름을 붙여 보았다.

'얼굴 나무' 한 그루가 고독하게 서 있다. 해마다 나이테 하나씩 보태고 옹이 하나 더했을 그런 나무. 벼락과 가뭄과 홍수에 시달린 흔적, 팔다리가 잘린 흔적, 병충해를 극복해낸 순간도 남아 있다.
무슨 나무일까? 어떤 나무일까?
막상 자신의 삶을 마주하려니 두려워진다. 그리기를 멈추려다 용기를 내어 끝까지 가보기로 했다. 먼저 양쪽 눈썹 자리를 헤아려 보았다. 영장류에만 있다는 눈썹. 양가 부모님 같다는 생각이 든다. 언제나 균형 있게 잘해드렸던가. 이제 와서 부족한 부분에 아무리 숱을 채워 넣어 봐야 무슨 소용인가. 입버릇처럼 "물 흐르듯 살 거라. 순하게 살 거라." 하시던 말씀이 들려오는 듯하다. 미간에 천川자를 그리고, 냇물이 흐르듯 코로 갔다. 콧등을 먼저 그린 후, 양쪽 날개를 붙이고 콧구멍을 그렸다. 콧등에 명암을 주어 오뚝 세웠다. 코에 유독 신경을 쓰고 있다. 코는 보통 자존심이라 하지 않던가. 명암을 손끝으로 뭉갰다. 서 푼어

치 남아 있는 자존심마저 내려놓고 살아야 자식들과 원만할 것 같다.

서툰 솜씨보다 힘든 건 감정의 변화다. 얼른 양 눈의 형태를 선하게 둥글렸다. 눈동자를 그려 넣었다. 온갖 편견 덩어리인 나는 진정으로 마음의 창을 열지 못할 때가 많다. 눈꺼풀의 편견을 털어내는 심정으로 동자에 빛을 넣었다. 닦인 창으로 주변의 얼굴들이 필름처럼 스쳐 지나간다. 좋은 인연들도 있었다. 두렵게만 느껴지던 그림에 길이 보이기 시작한다.

입을 그릴 차례가 되었다. 입꼬리를 좌우로 움직여 보고 크게 벌려 봤다. 자르고 씹는 역할을 하는 치아와 혀가 사이좋게 놓여있다. 언제나 문제의 발단은 공격적인 이빨보다 부드러운 혀에 있었다. 입이 근지러워도 한번 꿀꺽 삼키면 만사 좋을 것을, 항상 혀가 먼저 움직여 사달이 났다.

그래도 나는 대합처럼 꾹 다문 입보다 벌린 입이 좋다. 다문 입은 문제 해결은커녕 오히려 상처를 곪아 터지게 만들지 않던가. 입을 크게 벌려 괴로움도 털어내고, 고민도 말해주고, 사랑도 표현하고, 감사의 말도 전하면 관계라는 톱니바퀴가 훨씬 더 수월하게 굴러갈 것 같다.

"사랑해!", "감사해!"의 모양대로 입 모양을 그려 넣었다. "고맙다!"라고 하니 입이 더 크게 벌어졌다. "용서해줘!" 쏙 불거진 고 입술도 밉지 않았다. 같은 선을 몇 번이나 오간 덕분에 붕어 입처럼 두툼한 하트가 되었다. 입과 심장은 같은 계열인가 보다. 마음에 쏙 든다.

완성된 얼굴은 흡사 사내아이의 얼굴 같다. 내 안의 한 아이가 말을 건다. 말다툼 끝에 대충 짐을 싸서 나간 아들. 독립은 여건상 아직 때가 이르다고 언성을 높였었다. 세밀하게 연필이 스칠수록 점점 낯익은 얼굴이 되어간다. 세파를 건너느라 얼굴 곳곳에 힘든 상처를 담고 있다. 눈 밑의 그늘은 사회 적응이 호락호락하지 않은 탓이리라. 선하게 처진 눈이 외로워 보인다. 내가 불안하고 슬프니, 그 기운이 얼굴에 녹아든 것일까. 자화상은 자신의 내면을 드러낸다고 하는데 바로 이런 것인가 보다. 하지만 자화상은 자신이 투영한 이상향대로 드러나기도 한다.

너무 외로워하지 말자. 어두웠던 지난 세월을 작은 씨앗의 세월이라 해두자. 그 씨앗을 대지에 심는다. 딱딱한 껍질을 뚫고 싹을 틔우면, 땅속 깊이 잔뿌리를 밀어 넣어 물의 입자를 끌어올리자. 그 입자를 잔가지 끄트머리까지 보내 우듬지를 하늘 높이 밀어 올리며, 하루하루 설레는 꿈을 꾸어 보자. 무슨 꽃을 피울 것인가. 무슨 열매를 맺을 것인가.

- ☆ -

창문으로 길가에 늘어선 가로수가 보인다. 저마다 개성 있는 '얼굴나무' 같다. 질주하는 도로 양편에서 계절마다 제각기 다른 멋을 내는 나무들. 나뭇잎 사이로 햇살이 나붓나붓하다. 바람도 살랑인다. 둥지도 있고 새들이 날아다닌다. 각자 제 소임을 다하는 '얼굴나무'의 푸른 맥박이 전해온다.

- 큰아들을 응원하며

# 가을매미, 한선(寒蟬) - 월간 ≪좋은수필≫

서리 내린 벚나무 길을 걷는다. 순간 '툭' 무언가 머리 위에서 떨어진다. 한선寒蟬이다. 그가 잔 발질 치며 바동거린다. 아직 못다 한 노래라도 남아 있는가. 귀여운 알을 낳아 놓기는 했는가. 생생한 허물 아래에서 죽어가는 매미가 삶을 이탈하려는 영혼과도 같다.

가을철에 허물을 벗은 매미를 '한선'이라고 한다. '춥다'라는 뜻의 한寒에 '매미'라는 뜻인 선蟬의 합성어다. 뒤늦게 올라온 매미는 마지막 가는 열기를 붙잡아야 하기에 한시도 쉬지 않고 절규한다. 절박한 몸짓이다. 수년에서 십수 년, 땅속에서 어둠을 감내한 후 우화羽化하여, 고작 한 달 남짓 살다가는 허무함이라니.

바동거리는 매미를 집어 올렸다. 작은 몸뚱이는 수분이 다 날아간 듯 가볍고 열기가 느껴지지 않는다. 그것을 집으로 들고 왔다. 아마도 온종일 따라다니던 위안부 할머니의 쓸쓸한 부고가 나를 따라왔나 보다.

어항 옆에 매미가 앉아있다. 물고기 밥을 줄 때마다 시선이 그리로 간다. 청록색 몸뚱이는 금방 날개를 펴고 날아오를 듯 윤기가 난다. 가만히 날개를 건드려 본다. 미동도 없다.

'귀향'(鬼鄕: 넋들이 집으로 돌아온다는 뜻으로, 저승을 이르는 말)은 일본군 위안부를 소재로 한 영화 제목이다. 이 영화를 본 후, 주근깨박이 순박한 시골 처녀의 얼굴이 한동안 뇌리에서 떠나지 않았다. 철없이 아버지의 지게에 올라앉아 아리랑을 부르며 더덩실 춤을 추던 장면에서 슬며시 미소가 나왔지만 애련했다.

올해 들어 벌써 다섯 분의 위안부 할머니가 세상을 떠났다. 고대古代에는 망자의 입에 환생을 상징하는 옥선玉蟬*을 넣어주는 풍습이 있었다. 영혼이 순결한 그분들은 옥빛 날개를 달고 마음 편한 곳으로 가셨으리라. 나는 공연히 물고기 밥을 듬뿍 퍼 주었다.

다시 찾은 종로의 수요 집회장에는 전국 각지에서 수많은 사람이 모였다. 구순을 넘긴, 길 할머니의 낮고 애잔한 노랫가락이 묵묵한 건물들 사이를 서리서리 휘돌아다녔다. 길 할머니 얼굴에 주름이 깊었다. 어쩌면 저 주름 아래로 흐르는 강물이 있어, 아픈 과거가 굽이굽이 구수한 노래로 흘러나오는지도 모른다.

바위처럼 살아가 보자.
모진 비바람이 몰아친대도.
어떤 유혹의 손길에도 흔들림 없는 바위처럼 살자꾸나.

"함께 살아주셔서 감사합니다." 앳된 소녀의 목소리가 가락에 실려 뒤쯤에서 들려왔다. '감사하다'라는 추임새에 사람들이 고만 숙연해졌다. 이들은 욕심이나 서로 다른 이념을 추구하기 위해서 모인 것이 아니다. 우리가 더는 외면해서는 안 되는 가슴 아픈 역사, 화인火印 같은 비극은 분명히 존재했었다. 그들의 혼魂이 우리를 부른 것일까.

어린 소녀상이 클로즈업됐다. 소녀상과 할머니가 안과 밖을 소통한 듯, 할머니가 되어 버린 소녀의 그림자가 이질적이지 않다. 소녀상 옆에는 언제나 빈 걸상 하나가 놓여 있다. 그들의 고통에 공감해 보라는 뜻인가. 걸상에 앉아 본다. 귀향鬼鄕과 귀향歸鄕 사이, 환영幻影인가. 치마저고리 한 벌이 벗어놓은 매미의 허물인 듯 생생하다.

조선의 소녀들이 침략의 전쟁터로 끌려다니며 성노예가 되다니. 시간의 추를 과거로 돌려 아무리 애를 써보아도, 그 고통이란 것이 피부에 척 와 닿지 않는다. 바람을 가르듯 섬세한 수화手話로 자유발언을 하는 저 여인도, 장삼 자락을 펄럭이며 절절한 춤사위로 한恨을 말하는 간이 무대의 저 남자도 비슷한 심정이리라.

"나는 일본군 위안부였다." 우리가 아는 앎이란 얼마나 편협한 것인가. 팔십 년이 지나도 물컹물컹 어제 일처럼 되살아나는 기억. '용기'란 벼랑 끝에서 나오는 간곡한 노래가 아닐까. 사람 쪽을 향해 내디딘 간절한 한 걸음.

"그런 용기는 어디서 나온 것입니까?"라는 한 외국인의 질문을 받고, "여러분의 관심과 공감이 제게 용기를 줍니다."라던 김학순** 할머니의 오디처럼 젖은 눈이 생각났다. 보이지 않는다고 매미의 시절이 갔노라고 선불리 말하지 말 일이다. 그분의 고혼孤魂이 실린 것일까. 가로수에서 매미 소리가 다시 맹렬히 들려왔다. 한 철 바짝 관심을 두다 말일은 아니라고 외치는 듯했다. 죽어도 죽지 않는 마음, 그게 바로 혼魂이 아니겠는가. 슬픔을 절제하는 강인한 여인의 혼이 담겨있는 노래가 바다 건너까지 전해지길 바라며,

"사죄하라!" "인정하라!" 피켓을 높이 추켜들면서 소리 높여 외쳤다. 행여 뒤질세라 매미도 음계를 높였다. 갈수록 강퍅해지고 뻔뻔스러워지는 세상을 향해 생동하는 노래를 부른다. 다른 생명을 해치지 않고, 아침 이슬만 먹으며 부르는 노래, 애벌레와 번데기의 애환이 깃든 애절한 노래를 부른다.

'한선'이라는 말에는 가을매미라는 뜻 외에도, '울지 않는 매미'라는 뜻이 숨어 있다. 이는 그릇된 것을 보고도 말하지 않고, 선한 것을 알면서도 천거하지 않는 사람을 빗댄 말이다. 꿀 먹은 벙어리처럼 자신의 안위만 생각하고, 소신이 없는 사람을 이른다. 자신의 목소리를 내는 일, 사과하는 일, 또 용서하는 일, 이 모두 진정한 용기가 필요한 일이 아니런가.

젊은이들로 북적대는 인사동 길을 걸으며, "가장 훌륭한 시는 아직 쓰이지 않았고, 가장 아름다운 노래는 아직 불리지 않았고, 최고의 날들은 아직 살지 않은 날들."이라는 시詩 구절이 떠올랐다. 현재

의 위치에서 최선을 다하는 삶은 소중하다. 이 세상 어느 것 하나 때 늦은 일은 없다. 가을매미처럼 뒤늦게 세상에 나와서 최선을 다하신 분들의 영혼이 아름답다.

-일본군 위안부 할머니들을 응원하며

- ☆ -

* 주검을 마지막 손질하면서 입을 막아 주는 데 쓰던 매미 모양의 옥. 정신은 죽지 않으며 몸은 다시 살아나게 된다는 뜻을 담았다.

** '위안부' 피해 사실을 최초로 고발한 평화운동가. 2019년 1월 향년 93세를 일기로 별세했다.

# 바퀴벌레 – 계간 《현대수필》

　바퀴벌레하고 더는 한집에서 살 수가 없다. 그들은 알레르기를 악화시키고, 병을 옮기고, 온 집안을 돌아다니며 세균과 박테리아를 전파한다. 나는 내 집에서 놈들을 전멸시켰다. 그런데 왜 이리 마음 한구석이 개운치 못한가.

　바퀴벌레가 새집으로 가는 이삿짐에 따라왔다. 새끼를 치는 능력이 뛰어나다. 아침마다 싱크대에 새끼들이 오글거린다. 이놈들은 아무리 작은 틈새라도 이동 통로가 되고, 발에 빨판이라도 달린 듯 벽이며 천정을 기어오른다. 개수대를 따라 구정물 속도 헤엄쳐 가고, 언제 어디서나 민첩하게 숨어버리는 재주가 있다.
　그 종족의 진화는 놀랍다. 훼손된 신체를 재생하는 능력자이고, 몸 속에 독성물질을 해독하는 유전자까지 갖추고 있다. 인간이 신개발한 살충제에 대한 내성도 빠르게 키워서 각종 살충제를 먹이로 먹는다.
　살충제를 이긴 것도 혀를 내두를 일이지만, 해괴하게 번식한다. 곤충이면서 번데기도 없는 불완전 변태의 신속한 발육에 암컷만으로도 번식할 수 있다. 지독한 인간과 동고동락 해온 이유를 알 것 같다. 전문가에게 박멸을 의뢰할까 생각하다가 엄마에게 물었다.

"네 올케는 보이는 족족 없앴더니 사라졌다고 하더라."

이후 나도 보이는 족족 그렇게 해 보았는데 새끼들의 출현은 여전했다. 짧게나마 비행 가능한 날개가 있고, 무엇이든 가리지 않고 먹어 치우는 식성에, 어둠에도 익숙하다고 하니 밤이면 부엌이 제집인 듯 더 활개를 치며 다닐 것 같다. 수십 가지 세균을 달고 이 그릇 저 그릇 옮겨 다닌다고 생각하니 괘씸하다.

어느 날 문득 '먹잇감이 없다면 어떨까'라는 생각을 했다. 내 배가 몹시 고팠던 날이었던지, 식량이 부족해서 죽어가는 아프리카 난민들을 화면에서 본 뒤였을 게다. 음식물 찌꺼기를 먹고사는 바퀴벌레가 생각난 것은.

매일 밤, 음식물 찌꺼기의 미립자조차 없애버릴 심사로 개수대를 깨끗이 소독하고, 매일 싱크대 아래 살림살이를 이쪽 칸에서 저쪽 칸으로 옮겼다. 매일 놈들이 숨을 만한 곳을 시끄럽게 뒤적거렸다. '새끼를 보이는 족족 눌러 죽였다. 수돗물에 빠뜨려 죽였다. 신문으로 내리쳐서 때려죽였다. 굶겨 죽였다.'라고 상상한 것도 죄가 될까. 눈에 보이지 않는 미생물의 살생까지도 경계하여, 뜨거운 물조차 함부로 개수대로 흘려보내지 않는다는 어떤 스님의 말이 생각났다.

너무 지독하게 못살게 굴어서인지 어느 날부터 싱크대에 더는 출연하지 않았다. 종족 보존의 위기감을 느끼고 다른 곳으로 이주했나 보았다. 부엌에는 더 나타나지 않았다. 우리 집이 그들의 생태에 절대 적합한 주거지가 아닌 모양이었다.


등잔 밑이 어둡다고 했던가. 밤에 자는데 얼굴이 근질거렸다. 나도 모르게 얼굴로 손이 갔다. 무언가 있었다. 복수인가. 소름 치며 몸에 붙은 모기를 때려죽이듯 얼굴을 쳤다. 잠결에 문질렀다. 아침에 일어나 보니 침대에 산산조각 찢어진 녀석의 사체가 있었다.

　원래 아지트가 이곳이었나 보았다. 침실 매트리스 사이에 바퀴벌레 퇴치기를 놓았다. 먹이로 유인해서 물고가면 다른 놈까지 죽게 한다는 특제품이다. 놈들의 이동 경로는 일정하다고 하니 침실 출입은 하루 이틀 사이가 아니었으리라.

　퇴치기를 열어 보았더니 여왕인 듯 덩치 큰 놈이 새끼들을 한 몇십 마리쯤 꽁지에 줄줄이 매달고 버둥거리고 있었다. 나는 그동안 밤마다 스멀거리는 공포가 없지 않았다. 끈끈이에 붙어서 사족을 못 쓰는 놈과 오물대는 새끼를 진저리치며 바라보았다.

　혹시 그냥 버리면 살아날지 모르니 종이를 접어 꼭꼭 눌러 압사시켜야 할 것만 같았다. 야릇한 승리감에 젖었다. 바퀴벌레와의 전쟁에서 "인간은 이길 수가 없다"라는 기사가 스쳤다. 우리 집에 바퀴벌레가 이제는 없다. 내가 몇 억 년을 이어오는 바퀴벌레보다 잔인한가.

- ☆ -

바퀴벌레를 해부해 보면 심장이 없다고 한다. 뇌나 식도 등 중요 부위는 사람과 비슷하다는데 말이다. 그들하고 오순도순 살아갈 방법은 없을까. 인류가 나타나기 전인 기원 전 4억 5천만 년 전에 출현하여, 공룡이 멸종했던 시기에도 위기를 넘기고 살아남은 놈이라고 했다.

# 젊은 엄마 - 계간 ≪수필춘추≫

"여든이라니?"
그녀의 정색하는 표정에 깜짝 놀랐다.

발목을 접 찔러서 그동안 끊었던 수영을 다시 시작했다. 무슨 일이건 새로 시작하는 첫날은 긴장되기 마련이다. 그런데 그 긴장을 걷어간 것은 낯익은 멤버들이다. 여전히 열심히 다니고 있는 것을 보니 용기가 났다. 무엇보다도 내 엄마뻘 되시는 분이 친숙한 얼굴로 반겨 주어서 어색한 긴장이 완전히 녹아버렸다.

그렇게 기분 좋게 운동을 재시작했다. 그러던 어느 날 회원들이 결석을 많이 해서 수영장이 한적했다. 사교성 있는 그분은 나와 얼굴이 마주치자, 날씨가 좋아서 모두 꽃구경 갔을 거라며 환하게 웃었다. 그녀에게는 걸걸한 면이 있었다. 문득 그분의 나이가 궁금했다.

"수영을 참 멋지게 잘하셔요. 연세가 여든 넘으셨죠?"

한 치의 의심도 없이 물었다. 그것이 돌이킬 수 없는 큰 실수인 것을 바로 알아차렸다. 무어라 얼버무리며 미안해서 어쩔 줄 몰라하는 내게, 그분은 '여든 가까운 나이'라며 괜찮다고 예의 온화한 미소를 지어 보였다. 그리곤 보란 듯이 유유히 나비처럼 접영 한 바퀴를 돌고 왔다. 스타트 지점으로 가서 돌고래처럼 다이빙했다.

강습이 끝나고 샤워를 하면서 또 마주치게 되었는데, 그분은 너무 놀랐다며 서운했던 본심을 내보였다. 참 인상이 좋다는 말도, 피부가 곱다는 말도 그 실수를 만회하지 못했다. 오히려 그런 말을 하는 것 자체가 더 이상할 지경이 되고 말았다.

사람 중에는 얼굴이 겉늙어 보이는 인상이 있지 않은가. 사실 그분은 인상은 좋았지만, 여든 셋인 우리 엄마보다 더 나이 많아 보였다. 동짓달에 태어난 엄마는 앰한나이 한 살을 먹었다며 설날이면, 다른 이는 한 살씩 먹는 나이를 한꺼번에 두 살을 먹은 듯 안타까워했던 기억이 난다. 하지만 중요한 것은 나이가 아니었다. 내 머릿속에선 여든을 나이와 연관 지어 생각하고 있지 않았다.

내 뇌는 항상 엄마를 젊다고 인지하고 있는 듯하다. 꿈돌처럼 긍정적이고 걸걸한 엄마는 아버지가 쓰러져서 요양 차 시골로 향하는 짐을 싸실 때도 마치 소풍 가는 사람처럼 보였다.

말년에 암으로 투병하실 때도 감기 앓듯이 어려운 항암 과정을 잘 이겨냈다. 그런 엄마를 바라보는 마음은 싫지 않았다. 오히려 힘을 얻었다.

한번은 내가 올케에게 슬쩍 걱정을 털어놓은 적이 있다.

"엄마가 삶에 대한 의지를 잃어버리면 어쩌지?"

"형님, 그것만은 걱정 안 해도 돼요."

올케는 당치도 않다는 듯이 바로 코웃음으로 쐐기를 박았다. 그처럼 명쾌하고 기분 좋은 쐐기가 또 어디 있을까. 내가 걱정하는 바가 시어머니의 '삶에 대한 의지'라면 더는 걱정할 필요가 없는 쓸데없는 걱정이라는 뜻이다.

평소 시어머니에 대한 올케의 생각이 바로 그렇게 표출된 것이리라. 엄마는 정말 삶에 대한 의지와 열정 하나만은 대단한 사람이었다. 어쩌면 그것은 체력이라기보다 타고난 천성이거나, 그보다 높은 수준의 정신력인지 모른다.

- ☆ -

추억 속의 엄마는 언제나 젊다. 내게 '엄마'라는 단어는 아무리 나이를 먹어도 씩씩하며 좌절을 모르는 '혈기 왕성한 젊은 사람'이라는 뜻이다.

# 나를 사는 것이다 – 계간 《창작수필》

담장 밖 세상이 궁금한 것인가. 능소화 넝쿨이 담장 밖으로 기세를 떨친다. 통꽃 같은 그녀가 도시의 삭막한 길을 환히 비춘다. H를 떠올리며 발걸음을 재촉했다. 태풍은 기세를 꺾지 않고 올라온다. 바람이 심하게 분다.

H는 열일곱 소녀다. 항아리에 꽂혀 있는 국화를 집어 제단 앞에 놓아야 하는 것을, 제단 앞에 놓인 국화를 집어 항아리에 꽂고 말았다. 매캐한 향 내음에 취했나 보았다. 흰 국화 한 송이를 제단에 올리고 예를 갖추고 나니 가슴이 시려왔다.

상주인 어머니가 홀로 빈소를 지키고 있다. 맞절로서 상주의 얼굴을 대하자 어떤 위로의 말도 떠오르지 않았다. 내가 같은 반 학부모라고 신분을 밝히자 울컥했다. 소리 없이 들먹이는 마른 어깨가 안타까움을 자아냈다. H는 새벽에 아르바이트를 마치고 길을 건너다 달려오는 차에 변을 당했다고 했다.

소식을 공유했다. 조의를 표하는 댓글이 순식간에 달리기 시작했다. 이웃사촌이란 개념이 상상을 초월할 정도로 폭이 넓어졌다. 지구 반대편도 이웃이 될 수 있는 세상이다. 세상은 서로 보이지 않는 그물망으로 연결되어 나를 사는 일이 되었다. 상대의 기쁨과 아픔, 외로움, 고통, 등등 무엇이건 내 일처럼 공유할 수 있다.

한국에서는 예로부터 서로 품을 앗아 주는 미풍양속이 바로 그것이 아니던가. 부모를 앞선 자식이 가장 큰 불효자라는 말도 있지만, 이는 그만큼 큰 고통을 역설적으로 표현한 것이다. 우리에겐 이웃 자식도 내 자식처럼 생각했던 풍습이 있다. 먼 옛날부터 자식의 친구들도 모두 자신의 자식처럼 대했다. 자식들은 이러한 정을 느끼며 친구의 부모를 아버지 어머니라고 부르지 않았던가.

나는 H와 작은 인연이 있다. 어느 날 H와 아들이 주고받은 문자를 우연히 보게 되었다. 이성 교제든 뭐든 내용이 건전했다면 그것이 청춘에게 뭐 그리 큰 대수랴마는, 담배 공급에 관한 문자였다. H와 아들은 은밀한 사항을 공유하는 사이였다. 용모가 성숙한 H가 소위 뚫린 곳을 통해 담배 공급을 맡고 있었다.

그날 저녁, 뉴스를 듣는데 '담골'이라는 신조어가 귀에 쏙 들어왔다. 학생들이 등하교 시간을 틈타 줄 서서 '담배 피우는 골목'이라는 뜻으로 이를 '담골 문화'라고 한단다. 등교 전 담배를 태우는 문화라니. 쓴웃음 속에 H와 아들의 얼굴이 떠올랐다. 사춘기는 아플 만큼 아프고 앓을 만큼 앓아야 한다는 생각이었지만, 소신 그릇에 금 가는 소리가 들렸다.

남모를 가슴앓이를 하며 지내던 어느 날, 아들이 담배 냄새를 풍기며 밤늦게 귀가했다. 한번 금이 간 소신은 주변 온도에 민감하게 반응하며 '쩍'하고 갈라지는 한낱 속 보이는 유리그릇에 불과하다.

"이 못난 녀석아, 학생 교복 주머니에 담배가 가당한가!"

남편과 아들 사이에 끼어들었다. 때마침 방정맞은 생각이 뇌리를 스쳤기 때문이다. 훈육하던 아버지를 아들놈이 밀쳤다는 신문 기사가 생각났다. 속 썩이는 자식을 둔 엄마의 머릿속은 그런 기사만 저장해 놓는지. 철없는 아들놈은 '알바'로 먹고살겠다며 뛰쳐나갔다.

옛말에 '망설이는 호랑이는 벌만도 못하다'는데 남편이 '딱'그 짝이었다. 이것저것 내 눈치만 살폈다. 나는 H에게 전화를 걸었다. 가슴이 두근거렸다. H가 버릇없이 굴면 어찌해야 할까 잠시 고민했다. 그것은 기우였다. H의 순응이 정말 고마웠다. 그렇다. 지나온 시간을 되돌아보면 비바람 속에서도 배울 것이 많지 않았던가. 어떤 순간도 의미 없이 흘러가는 시간은 없다. 이들에게 포부가 있다지 않은가. 당장 어떤 큰 변화가 오지 않는다고 해도, 뱃머리에 든든한 풍차 하나를 단 그런 기분이 들었다. 바람의 힘으로 동력을 얻는.


H가 웃고 있다. 어머니는 비통하다. 산고의 고통이 이보다 더하랴. 꽉 막힌 가슴으로 집에 돌아오니 온몸에 신열이 올랐다. 목 놓아 울었다.

H가 떠나는 것일까. 밤새 천둥 번개 비바람이 몰아치더니 폭염도 한풀 꺾였다. 주먹만 한 통꽃이 젊음의 순간을 간직한 채 담벼락 주변에 수북이 쌓였다.


- ☆ -

물방울 맺힌 주황빛 꽃잎이 더 선연하다. 하나 집어 손가락 사이에 끼워보았다. 어쩌자고 떨어진 꽃이 이리도 싱싱하단 말인가. 언제까지 품 안의 자식일까. 삶에는 늘 일탈을 꿈꾸는 사람들이 기대하는 비일상이 공존한다. 그들이 나를 살아간다. 10대도 아닌데 일탈하고 싶다.

비바람이 분다. 풍차가 돌아간다.

# 새 - 계간 ≪수필미학≫

우리 아파트에 방음벽이 세워졌다. 반으로 나누어 아래쪽은 나무 재질이고 위쪽은 유리이다. 이 유리에 매일 새들이 날아가다 부딪쳐 죽는다. 유리가 투명해서 아파트 안의 조경이 훤히 들여다보이기 때문이다. 물론 반대의 일도 벌어지고 있다. 유리벽 하나를 사이에 두고 차원이 다른 것이다.

인간은 투명한 유리벽을 통해서 속 시원한 건너편 풍경을 차경(借景)해서 사용할 줄 안다. 하지만 멍청한 새는 다르다. 새는 그 다름을 분별하지 못하고 매일 부딪쳐 죽는다. 유리를 투사한 경관을 향해 날아드는 순간 죽음을 맞이한다. 아파트 조경이 가짜 경관은 아닌데 새에게는 실제 경관도 아니다.

유리 하나를 사이에 두고 벌어지는 새의 죽음은 문학과 많이 닮아 있다는 생각이 든다. 실제 자신이 겪은 일이 아닌데도 불구하고. 자신이 실제 겪은 일 이상으로 생생하게 다가오는 글이 있다. 또 순전히 3인칭 관찰자 관점에서 주제를 형상화하고 의미화한 수필을 보면 잘 차린 음식을 먹고 체한 것 같은 때도 있다. 그런 글을 읽을 때면 황룡

사 금당벽화의 전설이 떠오른다. 솔거 그림을 보고 참새 떼가 실제 소나무인 줄 알고 날아와 부딪쳐서 죽었다는. 그럴 때는 글쓴이가 자신을 제삼자에 투사해서 썼을 것이라고 가정해 본다. 일종의 소화제인 셈이다.

회화나 문학 등등, 예술에서의 명작이란 무엇일까. 어떤 소재를 훌륭하게 형상화해내기란 어떤 장르이건 힘든 과정이 숨어있을 것이다. 각 장르에 맞는 성격으로 의미화해내기란 새처럼 죽음을 불사하고 질주하는 몰입이 필요할지 모른다.

나는 오늘도 새의 죽음을 보았다. 새에게 유리벽은 무엇을 뜻하는 것일까. 새 세계에 비유한다면 유리벽은 무엇일까. 새의 죽음을 확장해서 생각해 볼 줄 안다면, 철학과 사상의 깊은 곳까지 들어가 볼 수 있으리라.

또 오늘도 유리벽을 경계로 안쪽에서 죽은 새, 바깥쪽에서 죽은 새를 보았다. 그러나 아둔한 나는 불쌍하다는 생각밖에 할 수가 없었다. 새가 죽지 않도록 대처 방법을 하루빨리 찾아야 할 것 같은 생각뿐이었다.

어느 날 '버드세이버(조류충돌 방지)'라는 스티커가 방음벽에 붙여졌다. 맹금류의 실루엣을 본떠 만든 것이다. 그러나 새들은 시력이 너무 좋아서 탈이었다. 스티커를 피해서 방음벽의 빈 곳을 향해 돌진했다. 충분한 수량의 스티커를 비교적 촘촘히 붙였다. 그래도 여전히 빈 곳은 많았다. 멍청한 새의 죽음을 근원적으로 막는 방법은 방음벽을 철거하는 것 외에 없어 보였다. 그밖에 유리에 새만 볼 수 있는 특수 시

트지나 특수 방식의 장치를 하는 것이다. 하지만, 인간은 비용 문제를 생각하지 않을 수 없다. 시간은 그냥 새가 죽으며 흘러갔다.

나는 이 새와 같은 사람일지도 모른다. 수없이 부딪쳐 죽으면서도 그 다름을 분별하지 못하고 매일 부딪친다. 문학이라는 경관을 향해 수없이 날아들며 상처를 입거나 죽음과 같은 시간을 맞이하며 세월을 흘려보낸다. 중학교 때부터 낀 안경을 지금도 끼고 사는 나는 근거리를 잘 못 보는 새와 다를 바 없다. 새는 폭넓게나 본다고 한다.

일은 곧 벌어졌다. 공원에서 화장실을 갔다. 잘 닦여진 출입문 유리에 얼굴을 박았다. 급해서 유리 너머에 시선을 고정하다가 낭패를 본 것이다. 유리가 통로처럼 보였다. 유리벽은 경관을 반사할 수도 있고 통과시킬 수도 있다. 같은 유리라도 해의 위치, 건물 안팎의 조도 차이, 빛의 각도에 따라서 그 모습이 수시로 바뀐다. 나는 새가 모르는 이런 지식을 알고 있었다.

얼마나 세게 들이받았는지 무릎 관절이 폭 꼬꾸라질 정도로 충격이 심했다. 코피가 났다. 이마에는 혹이 생겼다. 아무리 급해도 유리문을 자세히 살펴보는 조심성이 생겼다. 실제로 투명한 유리를 볼 수는 없었다. 다만, 유리에 붙어있는 손잡이나 틀 같은 부속품을 주의 깊게 보는 것이 중요했다. 스티커나 빗물 자국, 손자국이 남아 있다면 식별하기가 더 수월했다. 깊은 지식보다 청소하지 않은 유리창이면 충분했다. 그 조심성이라는 것이 별다른 게 아니었다.

새는 나만큼 조심성이 없는 것 같다. 계속 죽어갔다. 그런데 신기한 일이 벌어졌다. 몇 년이 지난 어느 시점부터 방음벽 아래에 떨어져 있는 새의 사체가 현저히 줄어들기 시작했다. 심지어 방음벽 위에 앉아서 암수가 노닥거리는 까치도 보였다. 멍청한 새도 수많은 시행착오를 겪으며 영리해진 모양이다. 유리벽을 뚫으려 하지 않고 넘어가는 지혜를 터득했나 보다.

아무렴. 유장한 역사가 있는 새가 아무 의미 없이 단순하게 방음벽에 부딪히며 넘나들기만 했을까. 유리의 얼룩을 자신의 버드세이버라고 생각한 나보다 새가 더 의미 있게 살아온 것처럼 느껴졌다.


새 한 마리가 방음벽을 넘어 유유히 공중을 난다. 겁도 없이 날개를 팍 접더니 뚝 떨어져서 높이를 조절한다. 미끈하게 흐르는 강물 위를 지나 단숨에 강 건너편으로 점이 되어 사라졌다. 포물선의 궤적을 따라가 본다. 내가 그곳까지 두 다리로 가려면 다리를 건너야 하니 몇 시간도 더 됨직한 거리다.

내 몸을 새처럼 진화시켜 볼 일이다. 시간당 4㎞ 정도의 속도로 걷고 있다는 걸음을 새의 속도로 빠르게 한다면 어떨까. 새처럼 뼛속까지 비워낼 정도로 최소한으로 생각을 단순화해 보면 어떨까. 새처럼 넓은 시야각을 가지면서도 예리하게 볼 수 있다면 어떨까. 새가 멍청하다는 생각을 접었다. 새를 생각할 때면 언제나 부끄럽다.

# 포물선, 마주보기

한 치 앞도 볼 수 없어
인생입니다

초판인쇄  2020년 10월 26일
초판발행  2020년 10월 26일

지은이  김애경
펴낸이  채종준
펴낸곳  한국학술정보㈜
주소  경기도 파주시 회동길 230(문발동)
전화  031) 908-3181(대표)
팩스  031) 908-3189
홈페이지  http://ebook.kstudy.com
전자우편  출판사업부  publish@kstudy.com
등록  제일산-115호(2000. 6. 19)

ISBN  979-11-6603-110-6  03810